那些貓們

張婉雯

那些貓們

作者： 張婉雯
責任編輯： 羅國洪
裝幀設計： Deep Workshop
攝影： 莫永雄

出版： 匯智出版有限公司
香港九龍尖沙咀赫德道2A首邦行803室
電話：2390 0605 | 傳真：2142 3161
網址：http://www.ip.com.hk

發行： 香港聯合書刊物流有限公司
香港新界大埔汀麗路36號中華商務印刷大廈3字樓
電話：2150 2100 | 傳真：2407 3062

印刷： 陽光（彩美）印刷有限公司

版次： 2019年3月初版

國際書號： 978-988-78988-4-9

自序

收錄在這本集子中的小說雖是首次出版，卻算不上新作，故略作說明。

〈潤叔的新年〉寫於二零一一年；〈福福的故事〉與〈那些貓們〉寫於之後的一兩年。寫作這些故事時的心境、想法，到今天已不盡相同；藉是次出版，我作了些修訂。改動最大的是〈福福的故事〉，其中一個角色的背景，由內地來港改為本地出生。餘者則是行文、用字的增減潤飾。

據說好的文學作品應經得起時間考驗。拙作固有不足之處，惟時移世易之急速，寫作者是否要回應？又該如何回應？我沒有答案。在這個城市活到中年，仍在寫，仍在幹一些沒甚麼回報的工作，或許已是我所能作的，最美好的事情了。

目錄

自序 | iii

潤叔的新年 | 1
福福的故事 | 87
那些貓們 | 157

潤叔的新年

（一）

潤叔坐在客廳的窗前，把玩手上的紙牌，已經好一段時間了；天冷，對面大廈的那戶人家拉上沉甸甸的窗簾，看不見外頭窗沿上歇腳的麻雀；樓下一家的晾衣繩上飄揚著的幾件彩衣，在冬日裡也顯得黯淡。直至稀薄的陽光由一面轉移到另一面時，潤叔才放下紙牌，拿起玻璃杯，呷了一口茶。茶早已涼了；伸手去拈唇上的茶葉，嗅到指頭福爾馬林與煙草混成的刺鼻氣味。幹這一行的誰不抽煙。每夜下班後，潤叔總會在家門口站著，抽上一根，然後才踏進屋裡。如果妻子沒睡，替他開門呢，往往會因此而被熏出兩聲咳嗽。不過大多數時候妻子已經熟睡了。

潤叔放下玻璃杯，妻便捧著膠盆走過，到露台晾衣裳。灰色的長褲在空中飄蕩；那是潤叔上班的制服，趁這些天放假，正好洗一洗。光穿過單薄的布料，連光也變成灰色了；兩道褲管乘著微風緩緩擺動，像潤叔的腳步──工作清閒的時候，潤叔老愛踩著那雙黑布鞋鞋跟，雙手插袋裡，拖著腳跟走。不過每次走進停屍間，潤叔一定伸直腰，雙手逼著大腿，一副必恭必敬的模樣。大家都笑他膽小，他說：「你們知道甚麼，這是敬業樂業。」於是大家笑得更響了。

「財神到！財神到！」一陣敲門聲在門外亂響，夾雜著孩子們的叫喊。潤叔站起來開門。隔著鐵閘的布簾，幾個孩子手裡拿著紅紙，滿面笑容，見是潤叔，那笑容便僵住，然後一哄而散。潤叔把大門重又關上。

「誰呀？」妻問。她站在背光處，踮高腳尖，把衣服一件件掛起，恍如一個移動的剪影。

「小孩子來送財神，」潤叔打了個呵欠，「『財神』兩個字也寫不好，學人家賺零用呢！」

妻從露台走出來，又直接走進廚房去，「知道你寫得一手好字了，還不寫支票，你媽的院費今天要交了。」

一語提醒了潤叔，他連忙從抽屜裡找出支票簿和原子筆。

「湯熬好了。」妻又從廚房裡出來，手裡多了一個保溫壺。

「嗯。」

妻又重新走進廚房。潤叔把寫好的支票收進褲袋裡，打開電視，午間新聞正播放前一晚年宵市場的情況。天雖冷，花市還是人頭湧湧，電視裡傳來一把叫賣的女聲，嘩啦啦如吵架中的烏鴉。另一個婦人手裡抱著大把的鮮花，劍蘭、銀柳、芍藥……五顏六色。潤叔看那些花也不見得是上等貨色；他對鮮花可講究了，一眼就能看出哪些是真正的鮮貨，哪些是雪藏貨。不過，無論多好的花，最後也不過是大把大把被丟到火爐裡去。

「吃飯了。」妻在廚房裡喊。潤叔站起來收拾桌面，墊上報紙，一碟菜心炒肉片就端上來──除夕夜的午飯，潤叔家也沒甚麼特別；湯倒是老火的，熱氣騰騰地放在中央，裡頭是橙紅的木瓜和雪白的魚尾。夫婦二人吃過飯後，妻把暖壺放進環保袋中，又把一個洗淨的碗用乾淨的布包好，也放進去，交到潤叔手裡，「回來的時候，順道買包鹽。」

滾熱的湯水在潤叔的胃裡蕩漾，正好抵抗戶外冰涼的空氣。電梯大堂早掛上一串串裝飾用的爆竹，門口也貼了春聯；保安員彷彿比平時笑容可掬。街上的行人也比平時多。迎面而來一個老婦，一手挽著超市背心袋，另一手拖著一個兩三歲的、穿棉襖的小孩，大冬瓜似的踉蹌地走著。後面是個年輕人，這種天氣，只穿一件毛冷外套，手裡捧著一盆桔，纍纍的果實隨著腳步在茂密的綠葉間輕輕搖晃；旁邊一個婦人，手裡拿著大包小包，有菜、有魚、有肉，只管低頭走，看不出她跟年輕人是否認識。潤叔在他們之間穿過，沒有一點聲音；太陽照在頭頂，他舉起空著的那隻手，擋一擋陽光。

遠處，巴士駛離站，潤叔沒有追過去──他手裡提著暖壺，沒法快跑，還得不時低頭察看有沒有湯潑出來。沒有。巴士站旁的便利店玻璃外牆貼滿了揮春。男店員把一盒盒五顏六色的曲奇糖果堆成小山丘，另一個女的則在店門前擺開一張摺枱，鋪上一整卷紅色的花紙，彎腰把花紙裁成一張張包禮盒用的大小。潤叔認得少女住在鄰座，名字忘記了，腦筋有點問題，人倒是乖，於是街坊都喚她「阿乖」。阿乖剪花紙的手腳也痲利，一下一下，裁得又快又直。

「潤叔！」她忽然抬起頭來，喊了一聲。潤叔不好作聲，只點頭微笑。

「潤叔恭喜發財！利是逗來！」這次阿乖的笑容更燦爛了，圓胖的臉像揉開了的麵團。男店員望她一眼，又望潤叔一眼，微笑著，搖頭走開。

「明天才是新年呢，」潤叔只好說，「明天給你。」反正他正月頭幾天從不出門。

「明天！明天！」阿乖相信了，便又高高興興地剪紙去了。不久巴士又來了，潤叔上車坐下，摸摸環保袋的底，沒弄濕。其實這些年來，暖壺從來沒漏過湯水；妻每次都把蓋擰得死實死實，就只差沒把壺的手把擰斷。有一次，潤叔自己倒湯入壺，巴士沒走到一半路，湯已全潑出來。那次，他索性下車，把湯咕嚕咕嚕全喝掉了。

除夕的安老院倒是跟往常沒兩樣。雖然每張床位的旁邊也貼了揮春，但天花板上照下來的白光依然讓所有人看起來臉色蒼白。

潤叔自行走到角落的床位，把暖壺放在床頭櫃面上，喊了一聲：「媽。」然而潤叔的母親是不懂回應的。由於中風的緣故，母親不能下床也不能說話，終日昏睡，已近乎一個植物人了。安老院把她的頭髮剪成平頭裝──這裡所有人都是平頭裝，不分男女。潤叔看看母親的臉，確認她還在呼吸，便隨便拉來一張椅，在床邊坐下來。床頭櫃上有幾罐營養奶，一卷廁紙，一個塑膠盒，裡面都是藥；潤叔又低頭往床底一看，紙尿片還有三包，這個星期還夠用。

「張先生。」背後忽然傳來聲音，潤叔連忙抬起頭來，是黃姑娘。

「這個月的住院費……」

潤叔連忙從褲袋裡掏出支票，雙手交給黃姑娘。

「你等一會，我給你寫收據。」

然後黃姑娘便消失了。潤叔又叫住另一個路過的護老員：

「她，這兩天怎樣？」說著，指著床上的老母。

護老員看看床尾的紙板，上面寫著每天量血壓的記錄。

「都差不多。」

說著便轉過身去，卻幾乎與另一個護老員撞個滿懷。二人手裡都拿著物事，笑著罵了幾句，然後又匆匆走開。近門口處，一個老婦踩著拖鞋，不住徘徊；另一個則坐在沙發上，自個兒喃喃地訴著幾十年前的往事。這裡，是一群無聊的人，讓照顧他們的人非常忙碌。

黃姑娘終於拿著收據出現了。

「謝謝，」潤叔把收據收起，「湯……」

「啊，好的。」黃姑娘微微一笑，「放涼了，我們會餵。」

潤叔依言掏出飯碗，把湯倒出來，登時香氣四溢──其實妻每次用暖壺來盛湯，根本毫無意義。要等湯變涼，姑娘才可以將之倒進膠壺中，讓湯流過膠壺，再流過膠管，經過鼻孔送進母親的胃裡。潤叔也跟妻說過了，妻卻說：喝湯嘛，就算不夠熱，總不成冷冰冰的。妻在某些細節非常頑固。譬如家裡必定有備份用的廁紙、洗髮水；所有衣服包括內衣褲也得熨過才穿上──娶老婆後，大家都說潤叔的制服光鮮整潔多了。然而某些地方妻又驚人地隨便；食物掉在地上，她拾起來便放進口中。潤叔說至少該用涼開水洗一洗，她卻說：生死有命，該死的不會病。

潤叔把湯放在床頭櫃上，吹了兩口氣，便拿出剛才在安老院樓下買的報紙。內頁刊登了一宗新聞：中年漢被車撞倒，送院不治。潤叔讀了內文，原來死者跟自己同齡。偏趕著新年，殯儀館也不開工，只好等過了正月才辦後事。潤叔搖搖頭：冰櫃裡放一個月，樣子都變了。死，也得講時辰。他又看了母親一眼，確認她在呼吸。母親倒是識字。以前，身體好的時候，早上的家務做妥了，她便坐在窗旁，迎著陽光看報。看著，忽然抬頭：

「阿潤！我看，你也是時候娶老婆了。」

「甚麼？」

「我說呀，」母親摘下老花眼鏡，看著兒子，「都幾十歲人了，是時候娶老婆了，不然我不在，誰照顧你呢？」

那大約是十年前的事吧？那時潤叔只當母親的話是老人家的嘮叨。誰願意嫁一個當仵工的人？打從第一天上班起，潤叔便作了獨自過活的準備。然而母親的話是對的。母親中風後一年，潤叔便經鄉下的朋友介紹，認識了妻。

黃姑娘走過來，潤叔便站起來，把床邊的位置讓給她。黃姑娘摸一摸碗邊，也不回頭，問：

「都濾過油了？」

「嗯。」

黃姑娘便把湯倒進吊起的膠壺中。湯水緩緩地流進膠喉，再流進母親的胃裡。

放涼了的魚湯其實有點腥氣，不過母親嘗不出來。

喝過湯，黃姑娘把膠壺收起離去。潤叔又趕著說聲「謝謝」──除了在停屍間，他在安老院也是必恭必敬的，不太敢吩咐姑娘們：姑娘懂的他都不懂；況且若得罪了她們，到頭來母親受累──雖然黃姑娘並沒有擺過架子。母親的眼皮漸漸垂下來；潤叔等她睡著了，便靜靜地收拾東西，起身離去。臨走時，又刻意走到黃姑娘前：

「這幾天我就不來了，得煩你們多多關照她。」

黃姑娘淡淡一笑，點點頭，手裡的功夫卻沒停下來。潤叔又哈腰笑了一下，便推門走了。

街上比起安老院光亮多了；對面馬路的國貨公司換了裝潢，門口掛上大大的紅燈籠，滿街路人都在燈籠底下走過；旁邊的玻璃窗上貼滿「福」字剪紙；櫥窗中的人型模特兒，一家四口，穿紅著綠地站在那裡。潤叔順步過了馬路，站在那裡，只見模特兒身上那件棗紅色的大衣，正合妻的身形。不如給妻買一件新衣過年吧？然而又不拜年，穿給誰看？

況且妻本來就不太裝扮──妻認識他之前守了十多年的寡。頭一次見面在大陸，妻穿了一件淺藍色的確涼襯衣，短髮繞在耳後，話不多，一頓飯中倒是抬著頭，不特別熱情也不靦腆。妻和他是同鄉，介紹人也是同鄉，大伙兒算起來算是遠房親戚。

一開始潤叔就說明自己的情況：年紀不小，厭惡性行業，家住香港，卻是公屋，母親患病。妻聽罷，莞爾一笑：「這也沒甚麼。」

飯後，潤叔跟介紹人到餐廳外吸煙。餐廳對面是個工地，沙塵滾滾，鑽地聲浪一下猛似一下，向太陽穴猛擊。介紹人朝著潤叔扯大嗓子：

「她嘛，老公是癌症死的，拖了好多年。」

「甚麼？」潤叔聽不清楚。

「我說，她老公是癌症死的，到最後幾個月，痛得天天在床上喚爹喚娘，一床的屎尿。」

「哦。」潤叔咆哮著回應，又用力地抽了一口煙。

「那時呀，我們都不敢打她家門口過，聽見心寒，」介紹人又再嚷道：「後來呢，後來丈夫死了，她倒胖起來了。」

潤叔覺得自己的耳朵快聾了，便丟掉煙蒂，轉身回餐廳去。妻正和另一個同鄉說話。潤叔這才發現妻果然有點胖態。妻見他進來，只端起茶杯喝茶，也不刻意找話題。潤叔心想：再挑，也差不多，這個好歹見過死人。就她吧。

遠處，巴士駛來了。這次潤叔趕上去，把大衣和往事丟在後頭。車廂上，潤叔把空空的暖壺隨意擱在大腿上，忽然覺得疲累，便打起盹來了。巴士在繁華嘈吵的馬路上走，然而潤叔的夢裡一點聲音也沒有。別人的熱鬧跟他沾不上邊。

正月過後，天氣時冷時熱的，叫人摸不著頭腦。潤叔出門時，妻從衣櫃裡取出外衣，交到他的手裡。下午三時，天色竟陰沉沉的，風也大。潤叔不禁拉一拉衣襟。

這日出殯的是一個老人家，九十歲了。靈堂上掛著「福壽雙全」四字，家人也不太傷感。兩個小孩穿上孝服，不知為甚麼追逐起來，被他們的母親喝住了。

「給我乖乖坐好，」婦人把兩個小孩按在座位上，「書呢？給我拿出來。」

兩個孩子從各自的書包裡拿出課本來。

「給我靜靜地坐在這兒溫習，沒你的事就別動。」婦人說，「不然，爺爺不高興。」

孩子們看一眼靈堂中央的照片，果然不作一聲了。婦人坐在他倆旁邊摺元寶。

時間尚早，來人不多，戴孝的幾個男人坐在一旁閒聊，另外幾個女人，有的也在摺元寶，有的在吃西餅，交換小學派位情報。

「潤叔，」徐經理走過來，拍拍潤叔的手背；他們從不拍人肩膀。「差不多了。」

潤叔看看手錶，向樂伯點點頭，二人依言走進停放遺體的房間。潤叔先是咳一聲，把腰伸直，兩手逼在大腿旁。樂伯對過名字，拉開屍格，走到前面；潤叔走到後面，二人戴上手套，把老伯的遺體抬到運屍車上。老伯是農曆年期間過身的。冷藏了三星期，水分都抽乾了，身體輕飄飄。潤叔再看一眼他的名字。

「黃伯伯噢，去化妝嘍。」潤叔大聲喊了兩遍，那腔調像唱歌。他們把車推到隔壁靈寢室，沒多久梁姑娘便拿著化妝箱進來了。

「黃伯伯噢，化妝嘍。」梁姑娘又唱了一遍，打開化妝箱，拿出一塊小毛巾。潤叔早端來一盆熱水，梁姑娘讓毛巾在熱水中浸透，擰乾，然後在遺體的臉上輕印；再塗上精油，上粉。

「黃伯伯，上粉嘍。」

「黃伯伯，畫眉嘍。」

也許黃伯伯一生人中從沒化過妝；然而對潤叔來說，這個程序他已看過無數次了。他轉身走到放棺材的地方，把黃伯伯的陪葬品收拾好：兩件毛衣、兩條褲、一副老花眼鏡、一副假牙、一枝拐杖。這裡預備好了，他便又走到靈堂，幫忙收花圈輓聯。農曆年過後，出殯的人特別多，忙中容易有錯；花店的人曾試過把給姓陳的花圈送到姓李的靈堂，甚至有把輓聯上「父親大人」四字寫錯成「母親大人」的，人家的母親還未死呢，幾個子女圍著送花牌的人臭罵一頓。這些，潤叔都得幫忙照看。

忙過這一邊，還得忙另一邊。

「陶小姐，化妝嘍。」

潤叔把少女放上運屍車時得加倍小心，因為她的身體許多地方都骨折了。這個靈堂的氣氛大不同了；眾人都哭得抬不起頭。中央放了一張少女的照片，看上去是個高中學生，一雙眼睛又圓又大。眼睛兩旁是兩枝白蠟燭，火焰隨空調吹出來的風輕輕擺動。

靈寢室裡都聽到外面的哭聲。

「你媽不該來的，」梁姑娘接過潤叔推來的車，揭開白色床單，對少女說，「白頭人不送黑頭人。」

潤叔沒有搭腔，忙著把少女的身體翻過來。少女的後腦爆了，須得重新砌好，盡量讓她回復原貌。

「陶小姐，梳頭了。」

梁姑娘把少女的一頭長髮梳成兩條辮子，垂在胸前。

「好看麼？」梁姑娘問。

「現在的年輕人好像不流行這種髮型吧，」潤叔端詳了好一會，說，「我沒見過學生妹梳這種辮，除非是那種道姑學校。」

「哪裡來的道姑學校呀，」梁姑娘忍住笑，「是修女學校，天主教學校。」

「反正都一樣。」潤叔說，「我看她們都是把頭髮梳在腦後的。」

「可是那不能躺下來呀。」梁姑娘點起煙，「總不成披頭散髮。」

「那麼……」潤叔想了想，「梳成一條大辮子，垂在一旁，也正好把右邊的傷口掩著，如何？」

梁姑娘想了一想，「試試看。」

二人把原來梳好的辮子解開，梁姑娘重新又梳上。

「不錯，」梁姑娘滿意地笑了，「看上去很清純，又不土氣。」

潤叔點點頭。

「胭脂也不用太多，」梁姑娘拿起胭脂掃，「她還年輕。」

少女閉上眼睛，彷彿對自己的遺容沒甚麼意見。

一切妥當後，樂伯便進來，幫忙把遺體推到靈堂後面的小房間去。又是一陣淒厲的哭聲。

「好累啊，頭都抬不起來了。」梁姑娘伸一伸懶腰，看看手錶，掏出煙包，給潤叔遞上。二人便從後門走到後巷抽起煙來。原來堂倌老龍也在，三人心照不宣地吞雲吐霧起來。天色依舊陰暗；微弱的陽光照不進這道狹窄後巷來，不過氣溫倒是要比室內和暖一點，自然的光線也比起白茫茫的光管光讓人放鬆些。掛在外牆的抽氣扇嗚嗚低鳴；竹簍裡堆滿擺過的白百合、白菊，隱隱飄來夾雜著腐壞氣息的殘香。

從大街上看進去的話，只會見到三個在雜物堆中抽煙的剪影。

「喂。」梁姑娘忽然說。

「唔？」潤叔看她一眼。

「下個月，我退休了。」梁姑娘說著，吐出一個煙圈。

「哦？」潤叔看了老龍一眼。老龍瞇起眼睛，深深地吸了一口煙。看來他已知道。潤叔換個站姿。

「媳婦下個月生了，想我幫忙帶孩子，我答應了。」

「好事。」潤叔一笑，「當上祖母了。派薑醋別忘了我們。」

「我也累了。」梁姑娘看著自己的手，「想不到還有抱孫的一天呢。」

「喪氣話說來作甚麼，」老龍啐了一口唾沫，「我看你，把煙戒掉吧，不然媳婦還不讓你帶呢。」

「說得也是，」梁姑娘倒不反駁，「真的，當了幾十年老煙槍，真捨不得。」

潤叔無聲地笑起來。

「潤叔，有事情拜託你。」

潤叔望向梁姑娘，等她說下去。

「我在這後巷一向餵開一頭貓，」梁姑娘從地上的一個紙皮箱裡抽出一個環保袋，打開給潤叔看，「貓糧就放在這裡。牠每晚十時半會來，吃過就走。你看著牠吃完，把東西收起來就成。買貓糧的錢我會給你。」

「行了，」潤叔往環保袋裡看，都是些貓餅貓罐頭，還有一枝水，一個發泡膠碗，「才一頭貓，能花多少錢。」

「牠生過好幾胎的，只是不知藏到哪裡去了。」梁姑娘把環保袋收好，「好靈的一頭貓。」

「你也恁地膽大了，還餵貓呢。」老龍皺起眉頭。入行第一天，前輩就會說：有兩種動物別亂碰，一是飛蛾，一是貓。幾年前，有個剛入行的年輕人不信，不知怎地踢了一頭流浪貓一腳，翌日便在街上摔一跤，跌斷了腿，即日就辭工了。

「我是餵貓，又不是打貓踢貓。」梁姑娘把煙蒂丟到地上，「上個月這裡還放了政府捕貓籠呢，幸虧我看見，順手就把籠門關上。不知是誰打電話投訴。」

「一定不是我們的人。」老龍說。

「還有這些，」梁姑娘又指著一個竹簍，裡面堆著些紙皮，「有個老婆婆隔兩天就來要，你平時就給她留起來，別讓別人拿去了。」

「幹嗎你轉性了，做這些好心？」老龍笑道。梁姑娘白他一眼。

「好幾年了，得打鑼打鼓的讓你知道？我要不這樣，我還抱不了孫呢。」

「車！有甚麼關係！」老龍手指一彈，掉落好些煙灰，「幹我們這一行的，最積陰騭！」

「你兒子媳婦讓你帶孩子，不怕忌諱？」潤叔轉個話題。

「他們信了耶穌教，說甚麼都不怕，」梁姑娘嘆了口氣，「我就怕將來我連擔幡買水都沒個人。」

「這可不笑死了，」老龍哈哈大笑起來，「天天看人家擔幡買水看了幾十年，到頭來沒自己的份！」

「你別氣她了。」潤叔皺著眉，轉向梁姑娘，「要不，乾脆你也信耶穌教好了。」

「我甚麼都不信。」梁姑娘沒動氣，「我信天意。怎個死法是天意，死了之後到底怎麼樣也是天意。擔幡買水也不過是活人做給活人看。」

抽氣扇噴出來的熱風，把梁姑娘頂上的幾絲鬈髮吹得微微抖動，像一枝微弱的小火焰。老龍這次沒有反駁她的話，只又深深地抽了口煙，緩緩地噴出白色的煙霧。忽爾，一線橙黃色的光線射過來；潤叔以為那是太陽，卻原來是不遠處的街燈。

老龍看看手錶，「回去了。」

梁姑娘也看看手錶，把煙蒂丟到花堆裡去了；星火燒著了一朵百合的花瓣，瓣尖登時焦了，蜷曲起來。然而這一點星火在陰冷的天氣和瓣面的冰涼裡，很快就熄滅了。

（二）

樂伯點起了香煙，才想起有蓋巴士站是禁煙區。於是他往後退了一步，站在上蓋夠不著的地方，看著空無一人的巴士站，默默地吸著。用力猛吸的時候，那橙色的星火便在煙管上迅速而明亮地往後退，燃起微弱的「壢壢」聲，隨即回復黯淡。後面來了一個婦人，大約四十來歲，臉上化了濃妝，腳踏紅色高跟鞋，在樂伯身旁走過。樂伯別過臉去。

巴士來了，婦人往車尾走，樂伯便往上層。這天放假，樂伯早上起來，吃了個麵包，泡了杯茶，看了一回電視上的重播劇集，委實無聊，便出門，登上往尖沙咀東部的巴士。過了上班的繁忙時間，空調開放的車廂空落落的。樂伯走到車頭坐下，看著前面馬路一味向前伸延，如一道寬闊的河流。後面傳來「呼呼」鼻鼾聲，樂伯回頭一看，只見一個胖胖的婦人，在搖晃而涼快的車廂中安穩地睡著了。樂伯舒了一口氣。至少，睡覺的婦人不會抱著手提電話不住抱怨。巴士駛出大街，樂伯看出窗外，街上都是金舖，寬大的門，女明星的照片有一層樓那麼高，一雙鑽石耳環在飄蕩的長髮下像兩隻眼睛。路上，行人手裡都拿著脫下來的外套，匆忙地走著。金舖隔壁是一個大商場，門口的人像螞蟻一樣流進流出。

這些巴士外的人，像時間一樣，在巴士的外面滔滔地流過。

應該是很吵耳的吧？然而巴士內是沒聲音的。樂伯從褲袋裡掏出一份馬經，打開，看了一會，覺得車太搖晃，於是又無味地把報紙合上，放在膝上。一道書法體的招牌打巴士旁邊擦過，招牌下是數道貼著「市區重建計劃」招紙的鐵閘；鐵閘上的灰色油漆非常結實。樂伯認得這裡原本是一家老字號酒家，他以前還來過這裡飲茶，吃過著名的蓮蓉包。酒家幾年前結業了，招牌也早拆去，外牆上卻依舊見到酒家的名字——字跡外圍的紙皮石經過多年風吹雨打，特別髒，也就把「蓮香酒家」四字痕跡襯托出來。

這個城市永遠有馬路在修補。交通燈不住在交替轉換顏色。巴士轉彎了，車上的廣播宣佈這裡是總站。樂伯顫抖抖地站起來，準備下車。後面的婦人並沒有醒過來，依舊睡得死死。樂伯小心地扶著座位上的扶把，搖搖晃晃地走在樓梯上，一步一步地走到巴士的下層下車。濃妝婦人已經不見了。外頭陽光正好；平日，大部分人依然要上班，好些穿套裝的男女在廣場上匆匆忙忙地穿梭。廣場中央有一座噴水池——以前正是夜總會的大門口，滿街是奔馳、寶馬，間中也有勞斯萊斯。眼前，一隊內地自由行跟著搖著小旗的領隊，浩浩蕩蕩地操進噴水池旁的時裝名店；兩旁花圃裡排著矮小的植物，葉子滋潤翠綠，若不細看還以為是真的。花圃後是幾幢簇新的大廈，大廈下面是連鎖超級市場的招牌。樂伯緩緩地走過去，果然就見到超市的入口。空調的涼氣讓他不由自主地走進去。

買了幾盒即食點心作飯餐，樂伯就走到對面馬路，坐同一架巴士回家了，蓮香酒家再度跟他擦身而過。下了車，巴士駛遠了，掀起滿天的棉絮，飛向路旁的公園。公園外圍的鐵絲網上積滿了穿不過去的、纏住了的白毛球，網的中間卻依舊是空空的。幾個工人圍在木棉樹下，其中一個爬升降梯，把紅彤彤的碗大的花摘去。那次樂伯走過公園，聽到有人說木棉的棉絮飄送四周，道上多了垃圾。

「丟那媽！絕人家子孫。」樂伯喃喃地咒罵，朝自己家的方向走。

「你這飯盒裡的是甚麼？」潤叔皺起眉頭，往樂伯手上的飯盒上瞧，「一股酸味，不是變壞了吧？」

樂伯把飯盒湊近鼻子嗅，「是嗎？」

「腐皮卷？這東西不耐放，你幾時買的？」老龍也湊過來，用力嗅一嗅。

「這……三五日前吧。放假那天買的。」樂伯隨口回答。

「別吃啦，」潤叔把樂伯手上的飯盒接過來，放在一旁，「吃壞了拉肚子。」

「沒關係啦，」樂伯重又把飯盒拿上手，「一餐半餐死不了人。」

「叫你別吃啦，」潤叔把飯盒又奪過來，拿起筷子把上面的腐皮卷夾起，丟進垃圾桶裡，又從自己的飯盒裡夾兩條菜過去，勻兩顆肉丸出來。老龍也分他一些。

「下次買東西得看有效日期，說過多少遍了。」老龍走到一邊，讓後面新來的李姑娘上前，把飯盒放進微波爐裡。休息室有冰箱有微波爐，除了徐經理，其他人都從家裡帶飯盒回來吃。

「這菜，嚼不爛。」樂伯皺起眉頭。

「丟！還嫌三嫌四。」老龍白他一眼。李姑娘站在旁邊，笑了。

「看你身上那套衫呀，都著出酸餿味了，也不洗一洗。」老龍又看著樂伯，說。樂伯只望他一眼，也不搭理。

「龍叔是自己煮飯？」微波爐傳來「叮」一聲，李姑娘說著，把自己的飯盒從爐裡拿出來。

老龍忙忙地把飯扒進嘴裡，「當然是我煮，不然誰來煮？我不吃，我那條『化骨龍』也得吃呀。」

「你真是本事。」李姑娘由衷讚歎起來。

「『馬死落地行』罷了，我女人在大陸呀。」老龍說，「你這是甚麼？好香，分些給樂伯。」

「鹹魚。」

大家不禁哈哈大笑起來，只有樂伯一個啐了一口。

「不好意思，樂伯。」李姑娘連忙說。

「不關你事，都是老龍。」潤叔笑著呷了口茶。老龍卻不理會眾人了，匆匆把飯吃光，然後把茶咕嚕咕嚕地倒進肚子裡。抬起腿走了。大家都知道他去接孩子放學，也不管他。

「李姑娘呢？自己煮？」潤叔說。

「不，」李姑娘把骨頭吐在舊報紙上，「我老公煮。我下班回家都半夜了。」

「誰像你，有老婆服侍。」樂伯說。潤叔便默默地吃起來；混沌的飯香中，偶爾傳來飯勺劃在膠盒底的聲音。

剛吃過飯，老龍便拖著孩子回來了。

「叔叔。」孩子認得潤叔和樂伯，卻望著李姑娘不作聲。

「這個是李姨姨。」老龍拍拍孩子的肩，孩子便低聲喊了聲「姨姨」。

「乖。」李姑娘走上前來，摸摸孩子的頭，「幾歲了？」

孩子抬頭望向父親，見父親點點頭，便答：「八歲。」

「三年級了。」老龍拿過抹布，把飯桌抹乾淨，把孩子的書包放上去，「長得笨呀，英文成績不好呀。」

「好不好你怎麼知道，你又不懂。」樂伯終於找到機會搶白一次。老龍在孩子面前也沒有反駁。

「快做功課，做完才玩遊戲機。」老龍把書包裡的遊戲機拿出來，放在自己的儲物櫃裡。孩子果然打開書本。

「肚子餓不餓？」也不等孩子回答，老龍便倒了一杯水，放在孩子面前。又把手裡的膠袋打開，把裡面的一個酥餅放在孩子面前。他們晚飯吃得早，不過是人家下午茶時間。

「上完廁所洗手了沒有？」

孩子點點頭，便拿起餅。

「別把餅碎掉在書本上。」老龍站在旁，看著孩子把餅吃了一半，「阿爸開工了，你就在這裡。」

孩子也不望他，吃過餅，拍拍手，便打開面前的書本。李姑娘看著孩子拿起鉛筆，寫了一個字，抬頭一看，只見其他人已出去，徐經理卻不知何時進來，在那裡泡茶。於是李姑娘把飯盒收起，匆匆出去了。

（三）

「酥餅——合桃酥雞油酥花生酥——酥餅——」

兄弟二人在門外玩，遠處忽然傳來叫賣聲；弟弟停下來，朝聲音的方向看去。

「酥餅——合桃酥雞油酥花生酥——」

只見一片水田，種滿西洋菜，水綠水綠。然而阿潤兩兄弟卻是餓著肚子。聲音愈來愈近，賣餅的人卻還未見，阿潤知道自己沒有買零嘴的錢，卻不知何故心裡蹦蹦亂跳起來。

門口的布簾忽然揭起，母親出來了，把他們都叫進屋裡。

「酥餅——合桃酥雞油酥花生酥——酥餅——」聲音由遠到近，打門前經過，又由近到遠。他們從來沒見過賣酥餅的人；只能從聲音去想像，大概是矮小乾瘦的一個男人，挑著擔挑，擔子裡就是一張張酥餅。其實他們村裡的男人都是矮小乾瘦的。女人們倒是高大些。

叫賣聲遠去了，母親才讓孩子出去。

「人家在門前賣餅 ，別只管瞪眼看。」母親把聲音壓得扁扁的，像一柄刃口生鏽的刀，「不然人家笑話你。」

後來，聽到叫賣聲，長子阿潤便帶著弟弟走進屋子裡去。布簾落下，屋內登時暗下來；阿潤站在門口張望，好一會才看見母親在廚房裡補衣裳。那裡有一扇窗，有光。

「媽。」阿潤走過去，看著母親手裡拿著一件藍色的衣裳。那本來是阿潤的，如今改給弟弟穿。

「去看看你奶奶。」母親抬起頭，一邊說，一邊把線湊近嘴邊，把線咬斷。

阿潤依言到屋子的另一端；奶奶一直躺在那裡的帳子裡。奶奶的腋下長了一顆大瘡，像一個拳頭那麼大。阿潤其實有點怕。

「奶奶。」阿潤在蚊帳外，小聲地說。「沙沙」的聲音響起，奶奶彷彿轉過身來。

「阿潤，你替我搧搧，」奶奶的聲音像一隻咕嚕咕嚕地叫的斑鳩，「熱死我了。」

熱？阿潤覺得天氣一點也不熱，但他還是依言撩起蚊帳，坐到床沿上，拿起枕邊的葵扇，輕輕地替奶奶搧風。

「阿潤。」奶奶忽然又叫。

「甚麼？」

「你爸呢？」奶奶問。

「行船去了。」阿潤答。這個問題奶奶已經問過很多次，阿潤也答了很多次。這個答案，是其他大人，包括他的母親告訴他的。阿潤已經好幾年沒見過父親了。起初，他也曾問過母親：爸爸往哪裡去了？

「行船去了。」母親答，然後站起來往廚房去。

之後的那年清明，母親、住在村頭的劉大伯劉大嬸，帶著阿潤兩兄弟往山上拜山去。他們來到一塊小小的石碑前，母親把阿潤推上前：

「快跟阿爸鞠躬。」

阿潤看著石碑，上面彷彿寫了父親的名字。然而他識字不多，又不敢肯定。

「快去呀。」母親又在背後催促；於是他便向石碑鞠起躬來。弟弟看見了，便照樣做。

母親走到墳前，把四周的雜草拔掉，又用布沾了水，抹走石碑上的灰塵。

「三叔啊，你兩腳一伸，倒好，」劉大嬸一邊幫忙拔掉墳前的雜草，一邊說，「丟下孩子老母，難為阿嫂啊。」

「別亂說了。」劉大伯看看母親，又看看大嬸。大嬸卻不理。

「你再不保祐孩子成人，閻羅王也不放過你。」

「都叫你別亂說了，」劉大伯推她一把，「閻羅王還能拿他怎樣？活人才怕閻羅王哪，死掉的人怕甚麼。」

阿潤在旁邊聽著，覺得劉大伯的話也有道理。他看著眼前小小的石碑；堅硬的、冰冷的，當真是甚麼也不怕。母親也沒理會劉大伯劉大嬸的話，把衣紙疊好，點上了火。衣紙登時燒著了，紙角發黃，蜷曲起來。母親向著那火拜了兩拜。

阿潤也又跟著再拜一遍。弟弟早走到草叢裡掏蟋蟀去。

衣紙「歷歷」地燃燒著；升起的灰煙讓石碑上的字歪歪斜斜起來。紙灰在煙裡飛舞，像草叢尖上的蝴蝶。他們就站在那兒看衣紙燒盡了。劉大嬸沒有再說甚麼。

離開的時候，劉大伯劉大嬸在前面拖著弟弟走，阿潤幫忙拿著空空的水桶、火石等物事，和母親走在後面。阿潤小聲問：

「媽，爸往哪裡去了？」

「行船去了。」母親答。

山頭遠處的叢林裡忽然傳來「鈴鈴鈴」聲響；阿潤想了好一會，才想到自己是在夢裡，於是便用力張開眼睛。客廳的電話響得急切，潤叔生怕吵醒妻子，連拖鞋也來不及穿上，便踩著冰冷的地板出去。自然是老人院打來的。母親發燒了一整天，餵過藥還是不退，得送醫院。潤叔聽過姑娘報告，也沒多話，著她們叫救護車。掛線後，潤叔打了個呵欠，穿上剛換下來的衣物，拿了錢包，便又出門去了。

夜半的急症室內人不多；不用等候太久，便有人來把母親推到簾幕後。潤叔坐在外間等候，打起瞌睡。忽然一件風衣披上肩上；潤叔回頭一看，是戴上口罩的妻。

「你怎麼來了？」潤叔挪一挪腿，讓妻在旁邊坐下來。

「你忘記帶外套了。」妻也打了個呵欠，「醫院空調厲害。」

潤叔這才覺得冷，連忙把風衣穿上。

「你回去睡吧，」潤叔說，「也不知等到甚麼時候。」

「都醒過來了，睡不著。哪，這個。」妻遞上口罩。

「不戴。」潤叔推開她的手，「天天戴還戴不夠麼。」

「戴上啦，你看人家都戴上。」妻又把口罩推過去，「待會被醫生護士說兩句有甚麼意思。」

潤叔知道這些事是拗不過妻的，只好依言戴上。妻又從環保袋裡拿出一份報紙，給潤叔遞上港聞版，自己打開娛樂版，埋首八卦中去了。潤叔也無心看報，只漫無目的地四處看。疏疏落落的幾個病人坐在等候室中；一個中年婦人坐在對面，仰起頭，閉上眼睛，也不知是否睡著。她身旁的一個少年在打遊戲機，雙手手指忙碌地移動，偶爾傳來「嘟嘟嘟」的聲響。另一邊是一個手裡抱著孩子的少婦，那孩子看上去不過兩歲，哭得面紅耳熱不知疲累。少婦不住哄著他：「噯……噯……」潤叔回首看了妻一眼，只見她已投入在人家的緋聞裡——妻一旦拿起娛樂新聞版，真是天塌下來也不知道的。潤叔打從心底裡佩服。

「陳蘭芳的家人？」布簾拉開，護士往等候區喊。潤叔連忙站起來。護士朝他招手。

「我是。」潤叔臉上堆起笑容，忘記自己已戴上口罩。妻在背後推他，二人便走到布簾前去。醫生正背著他們，忙忙地在電腦鍵盤上打字。

「陳蘭芳家人？」醫生終於轉過身來。口罩下的臉十分年輕。

「是的。」潤叔又答。

醫生又翻一翻手上的文件：「婆婆肺炎。要留院。」

「哦。」潤叔平靜地回答。他幾乎可以背誦醫生的話：「長期臥床，又要插喉，是容易肺炎的。我們已給她打了抗生素，要留院住幾天，退了燒才可以出院。」

果然，醫生就這樣說了。

「明白了。」潤叔照樣說，照樣堆起沒人看見的笑容。

「上房吧。」醫生跟護士交代過，又回頭看著潤叔：

「循例問一句，婆婆年紀太大，如果有甚麼緊急狀況──」

「不救了，」潤叔打斷了醫生的話，「不插氧氣喉。」

醫生頓了一頓，又說：「插了氧氣喉就不能拔走，心外壓也可能會震斷病人的肋骨。我們得把話說完，確保你清楚知道。」

「不救了。」潤叔又擺擺手，「不插氧氣喉。」

醫生不再作聲。妻早跟著推床的護士到電梯大堂去了；潤叔追上去，剛好趕進了電梯。電梯門「隆」一聲關上，眼前風景是四面鋼板，模模糊糊地把人反照成一堆曖昧的顏色。推車的大嬸把一隻肥潤飽滿的手擱在運送車堅硬而冰冷的手柄上。潤叔禁不住低頭看看自己的手，粗糙如一把蒲扇。

安頓好後，妻把潤叔手上的紙抽袋接過來，把裡頭的廁紙、紙尿片、小毛巾等物事一一放在床頭小櫃中。潤叔站在一邊，看著床上的母親：手臂上插了點滴，鼻孔裡除了進食喉外，還多了兩條幼小如貓鬚的氧氣喉。潤叔抬頭，只見吊在床頭的不是營養奶的膠瓶，而是鹽水袋。

妻拿小毛巾往洗手間裡洗過暖水，往婆婆的眼角上輕抹，抹走上面的眼膠；然後又抹一抹鼻孔、嘴角。

「你們明天再來吧，」護士說，「現在不是探病時間。」

潤叔看看手錶。半夜三時；其他病人正熟睡，鄰床的一個婆婆翻過身，把背脊向著他們。

「走吧。」

通往大街的小路旁，是一塊小小的草坪；晚上，鑲在草坪邊的小小燈泡亮起，一盞，一盞，像黑暗河面上的水蓮燈。微涼的風夾雜著雨粉，在半空中消失。在這初夏的午夜，四周靜得只聽見蟋蟀均勻的鳴聲，如淙淙的溪澗流動；潤叔忽然想起故鄉的一條小溪：那是樹林中的一灣水，沒有人知道這水從哪裡來，往哪裡去。小孩子經過，會掬一合掌的水來喝，或是洗把面。溪水從嘴巴流進胃裡，一陣清涼。潤叔掏出手帕，擦擦臉上的汗。

一直走到小路的盡頭，潤叔忽然發現身旁無人，便停下腳步。夜色中，只見一個穿著風衣的人，在不遠處的街燈下行走；歲月能把再婀娜的婦人磨蝕成粗枝大梗，何況潤叔認識她的時候，妻已不是妙齡少女了。然而潤叔還是趕忙走上前去。

「幹麼走這麼快？」潤叔抱怨說。

「看看有沒有車嘛，」妻頭也不回，「計程車不轉進小路。」

他們轉進大街。汽車高速駛過，彷彿要把空氣劃破。霓虹燈依舊閃亮，酒樓、跌打酒、金飾店的閃亮名字，各自佔據馬路兩旁的上空，然而路面上並沒甚麼行人。

於是燈火紅綠的霓虹招牌，便像一艘艘點了燈的船，夜泊在無人的碼頭了。

（四）

真的，這個夏天似乎特別熱；晚上，太陽消失了，然而餘溫把馬路上的暑氣都蒸出來，整個城市依舊像個蒸籠。廟街街頭沒有冷氣也沒有商場，樂伯的額頭都滲出汗來了。然而他還是坐在那裡。一盞光燈吊在帳篷頂，晃動的白光把歌者臉上的濃妝都照溶了；在光影中她依舊拿著咪高峰熟練吟哦：

「聞得妹你話死，我實在見悲傷。妹呀你為因何事搞到自縊懸樑，人話死咯尚屬思疑，我唔信佢講，今日你果然係死咗咯，叫我怎不悲傷。……」

樂伯依著節奏腳踏拍子；歌者身後拉二胡的一開始便閉上眼睛。放在前面的樂譜不過是多年來的裝飾。

「燒到芽蘭帶，與共繡花鞋，可恨當初唔好早日帶妹埋街，免使你在青樓多苦捱，咁好沉香當作爛柴，呢條芽蘭帶乃係小生親手買，可惜花鞋繡得咁佳，……」

「好！」歌唱完了，樂伯激烈地拍起手來，更顯得周圍的零落──樂伯不禁回頭一看，原來攤位前的兩行摺椅只坐了自己一人。也有幾個站在外圍的，一曲既終便緩緩散去，省下打賞。

「好呀……唱得好。」樂伯又自言自語似的說了兩聲，便要掏錢，卻忘記把錢包放在哪個衣袋裡，只管在身上亂拍。他拿眼睛一瞄，歌者果然走過來了；離開了燈光，她臉上的顏色不那麼紅白分明，反倒真切些──看起來年紀也大些。該不是他要找的人。

「這位先生，」歌者的臉上笑容淡淡，「若不趕時間，何不坐下來多聽一首？」

樂伯一怔：我倒真的不趕時間；接下來無事可做。於是他又坐下來。二胡手終於張開眼睛，「依依呀呀」地調琴；婦人把咪高峰的長電線重又繞成幾圈，也不回頭，琴聲響時便開腔：

「涼風有信，秋月無邊。思嬌情緒好比度日如年。小生繆姓蓮仙字，為憶多情妓女麥氏秋娟。見佢聲色性情人讚羨，更兼才貌的確兩雙全。……」

於是樂伯在南音中坐了一個晚上；收攤時，已是凌晨時分了。

這時樂伯才見婦人在角落拿起暖水瓶，打開來喝一口水。樂伯從錢包裡掏出一張一百元，放進婦人腳前的布袋裡。

「謝謝。」婦人趕忙拿開水瓶。

「女聲唱南音，少見。」樂伯這次由衷地說，「唱得好的更少。」

「謝謝。」婦人又笑了一笑，「懂聽的人，也少。」

晚風吹過，把帳篷上的榕樹吹得「沙沙」作響；其他小販也開始收攤了。看掌相的脫下黑色墨鏡，收拾摺枱摺椅；尼泊爾人也把放在地上的銀鍊首飾皮包等收進紅白藍膠袋裡。只有賣色情海報的那一檔前還站了幾個人。

「那麼，再見。」樂伯向婦人和琴手頷首道別。琴手這才抬頭瞧他一眼。然而樂伯已經轉身走了。幾點小雨隨著榕樹梢動飄送空中；水分在空氣中膨脹；路邊花圃的黃蟬張開巴掌大的花瓣，花蕊像某種無名昆蟲的吸管，長長垂在外邊，在末端處蜷起來；葉片肥而厚，那綠墨黑，黑得像快要腐爛似的。蟬聲在路的兩旁聒噪，把路人都困在悶熱和潮濕中。樂伯順步走到轉角，那裡有一家小辦館，通宵開店的，樂伯走進去，拿起一瓶玉冰燒，付過錢，站在街角，在細雨中點起香煙，默默地抽起來。

「記得八月中秋同把月拜，重話二人衾枕永結和諧，點想別離你心事古怪……」

「你到底要不要出牌？」老龍不耐煩了，「叫你來玩牌，你倒來唱歌。」

「催甚麼？你趕著輸身家？」樂伯又度了一會，終於出了一條蛇。老龍大喝一聲，把手上的牌翻開，「啪」一聲全攤在石凳上。潤叔笑道：「同花，老龍贏了。」

「是誰輸身家？」老龍笑道，「誰叫你，只管唱歌，一邊唱一邊跺腳。你媽沒教你人搖福薄，樹搖葉落？」

「有錢你就收起來吧，又關人家老母甚麼事？」潤叔一邊打斷老龍的話，一邊拿眼瞟樂伯。樂伯卻沒有生氣，把兩張廿元紙幣丟到老龍跟前。又玩了兩三局，各有輸贏。石棋盤上的鳳凰木正火熱地燃燒，把樹下的臉映得緋紅；黃蟬在花圃裡冉冉，恰巧擋著這三個聚賭的、初老的男人。南風從馬路盡頭吹來，吹過黃蟬，吹過他們夾雜著白點的鬢髮，然後不知吹到哪裡去了。

「還玩不玩？」潤叔看看手錶，快到下午四時，空氣中飄來附近麵包店蛋撻出爐的香氣。

「不玩啦，差佬快來了。」老龍也看看手錶。他們都知道警察巡邏的時間，時候到了就散。潤叔連忙把牌收起，站起來揮一揮身上的花生衣；三個人也用不著商量，便走進對面街茶餐廳裡。侍應看見他們，回頭望望樓面，便向角落的卡座一指。

「菠蘿包，奶茶？」侍應循例發問，也不等回答便落單。他們也不理會他。

「喂喂，你的腳又跺起來了。」老龍往枱底一望。樂伯停下腳，不自覺又哼起來：「誰知錯意把妹命來哋，唉越思越想心痛壞，珠淚流唔晒，妹呀你便夢中魂魄共我講幾句情懷……」

「輸了錢還唱歌。」潤叔回頭看著樂伯，搖頭笑起來。

「可不是，沒見過人輸了錢還有心情唱歌。」老龍滿嘴麵包屑，「今晚有一家是白鶴派大阿哥的伯爺，人家連白獅都請來了。你要唱歌，躲到一邊去。不然人家揍你。」

樂伯連忙乾咳了兩聲，「知道了。」

埋了單，三人步出茶餐廳，果然見到幾架黑色房車泊在殯儀館門口；裡面幾個穿著黑色西裝的大漢跨下車來。樂伯看了他們一眼。潤叔和老龍連忙繞到後門去。

這一天，花生在潤叔的胃裡發脹，脹得他難受；只好撐著肚皮工作。這天是洗冷凍櫃的日子。潤叔與樂伯得先把櫃裡的遺體移出來，放在停屍床上；開水喉，灑消毒粉。潤叔戴上口罩，走進冷凍櫃裡，把櫃頂的結霜剷走，再上上下下抹一遍。四面鋼板模模糊糊地把人反照成一堆曖昧的顏色。櫃裡的冷氣雖已關掉，但這個房間的溫度還是比別的低。霜結得實，花好大氣力才撬開。潤叔把手伸進水桶中，寒意透過膠手套，由手指傳到手臂。

洗好了，再用乾布抹乾，然後二人快手快腳重把遺體放進櫃裡。洗了三個，潤叔已經腰骨痛了。花生依舊在胃裡不上不下。潤叔打了個嗝。

「怎麼啦，作嘔了？」樂伯在口罩背後傳出含糊的笑聲，「幾時這樣嬌嫩起來了？」

潤叔盯他一眼。「今早花生吃多了。」

「花生？」樂伯隨口一問，沒在意潤叔口罩後訕訕的表情。今早，潤叔和妻為著鄉間的弟婦吵了兩句，賭氣不吃飯，在便利店買了一包花生吃。

「你最近曲不離口的，」潤叔連忙轉個話題，「那次你說，廟街唱歌的那個，是不是就是你要找的那位朋友？」

「不是。」樂伯喘著氣說，他正爬高抹櫃頂。「我認錯人了。」

潤叔沒搭腔，他正核對屍格門外的名字：「你看，原來老龍說的是他。」

樂伯看一看名字，咕嚕著笑了起來：「就是這一位？」

「可不是他。」潤叔上前扶著腳踏，讓樂伯下來，「怪不得好些人在外頭派小費。」

他們把老人的遺體抬出來，停放好。潤叔打開裹屍布口的結，樂伯幫忙把布褪下來。

乾得厲害，潤叔想著，跟樂伯對望了一眼。

「說要擇好日子，又要是周日的。」樂伯看看手錶，「差不多了。我去看看李姑娘行了沒有。」

樂伯推開門，出去了。空調運作的「嗚嗚」聲登時響起來；偶爾還夾雜著電鑽開動的聲音——殯儀館隔壁的一座舊唐樓被收購了，快要拆，這兩天工人忙著把外牆上的招牌窗花等拆下來。噪音中潤叔走到一邊坐下看；老人是個富有的慈善家。怪不得門口有好些記者在等。從電視上看，老人還算高大，但如今看起來，像縮小了兩個碼。

電鑽像尖刀似的，鑽進潤叔的太陽穴裡。然而潤叔只是安靜地坐在那裡。

「行了，」樂伯推門進來，「走吧。」

二人替老人蓋上白布，把他推到靈寢室化妝。地下的靈堂堆滿花牌、花圈、輓聯，都排到大門口外了，披麻戴孝的也好幾十人。潤叔不好意思走過去討小費，便躲回休息室看報紙，上面都登了老人出殯的消息，說他一生行善，在內地建了許多學校，又成立了好幾個慈善基金。本城名人自然也是哀悼的，都說老人福壽雙全，子孫孝順，難得。潤叔往外望，只見老人的長子穿著孝服在講電話；金絲眼鏡下的雙眼掛著一雙大眼袋。休息室內的小電視正播放下午財經消息。股市不會因為老人出殯而停市。長子掛了線，回頭吩咐身後一個年輕人；那年輕人點頭步出靈堂，長子又撥了另一通電話。報上說這個人從英國唸大學回來呢，倒看不出。

福氣再好的人也得「破地獄」──確實是有一段日子沒見過足本的法事了。關了燈的靈堂中央點上火，一個穿紅袍的道士拿著劍，踏著魚貫躡步，另外幾個黃袍的在他身邊團團轉了幾圈，再圍著火堆穿梭來回。道袍隨吟誦《救苦經》的聲音飛揚，像一股看得見的風。嗩吶聲向上拔擢，火把乘勢拋上半空，甩出片片火舌，轉好幾圈下來，剛好接住。打鈸的更起勁了，鈸片敲擊，金屬相撞，聲音如驟雨迎頭落下。潤叔站在後面看，依舊不由自主地打著嗝。他盡量不讓肩膀往上抽，免得人家看見。然而火光偶爾還是照到他這邊來。「哄！」火焰隨道士口中噴出來的水熊熊燒起；火光把靈堂中所有的人照成浮在半空的、橙紅色的臉孔。道士轉身跳起，向下用力一摑，「啪勒」一聲，瓦盆裂成碎片。

電燈重新開了，地獄登時消失。潤叔走到中間幫忙收拾；他把嘴巴抿成一線，希望可以阻止打嗝，然而不行，只好匆匆走到靈堂後面去。紅袍道人也在，正拿著水壺大口大口地喝水，潤叔看見他的額頭有點點汗珠。道人看了潤叔一眼，便把水壺收起來。

來鞠躬的都是些達官貴人，來了一批走另一批，走之前先在靈堂一隅寒暄一番。

「這是我的名片，」一個坐在靈堂最後排、穿黑色西裝的人，向旁邊的人遞上名片，「多多指教。」

「啊，」接名片的這位也是穿黑色西裝，「哪裡哪裡……」

潤叔抬著紙製大別墅走過他們旁邊，又打了個嗝，不過他們聽不見。孝子正在前面，捧著老人的照片過金橋銀橋，也管不了背後有多熱鬧。記者在大門外拿長鏡頭對準靈堂的中央，潤叔走過時別過臉去，正好看見老人的照片對住他微笑。

潤叔又「嗝」了一下，不知是誰回過頭來，看他一眼。

潤叔這天就在打嗝中度過。到家時已是凌晨了，他匆匆洗了個澡，輕輕鑽上床去。妻卻到底醒過來了。

「煲了菜乾湯，在暖壺裡，喝了沒有？」妻問。他們之間的對話總是用不著人稱──反正屋裡就只兩個人。

「喝過了。」潤叔說著，忽然發現自己已不再打嗝了。他想把這個當笑話講給妻聽，然而妻已經矇矓睡去了。

第二天早上，潤叔起來，不見妻的蹤影，這才想起今天自己放假；妻前兩日說過，想要到佛堂祭一祭。

潤叔把鍋裡的粥翻熱吃過，妻便從外面回來了，手裡拿著一袋衣包。

「你替我寫一寫，」妻放下衣包，打開抽屜，拿出一枝水筆，「你的字好看些。」

妻從不誇讚自己的丈夫，除了一手字。殯儀館的名牌也是潤叔寫的。

「好不好看也是一樣啦。」潤叔把筆接過。衣包上的好字醜字他都見過，錯字也有。

「得寫清楚嘛，」妻說，「不然下面收不到。」

潤叔也不強嘴，在衣包上寫上妻先夫的名字。寫過了，妻又拿起來端詳端詳。潤叔再看看膠袋內的其他紙紮品，只見裡頭甚麼也有：鬚刨、皮鞋，手提電話還配上充電器。

「這個型號我還沒見過。」潤叔拿起手提電話。妻白他一眼。

吃過午飯，夫婦二人便坐車到佛堂去了。妻其實沒帶先夫的骨灰來香港；這裡不過是一個靈位，放了一張黑白瓷相而已。衣包等物事都由妻拿著，潤叔跟在後面。

妻的先夫死的時候才四十來歲。瓷相上的人臉方額闊，眉粗眼大，雖稱不上英俊，卻有點男子氣概。只不過，癌症死的人，到最後往往剩下不夠一百磅。妻在靈位架下方拿來一個花瓶，把花插上，對著瓷相拜幾拜。在她面前其實有十行八行瓷相，每行廿來張照片──怪不得妻堅持要寫清楚名字。

拜過了，妻又拖來一個鐵桶，把衣包等物事燒了。這時潤叔也趁便向瓷相中人拜兩拜。妻在旁，沒有作聲。衣包上的名字隨火焰緩緩向後退，化作灰燼，飄不過半尺高，便又掉回桶裡，讓火焰吞了。轉眼，五顏六色的衣服用品，連同那個手提電話，都化成一桶黑灰，火光也就漸漸暗下去；先還在桶裡舞動，後來漸次低下去，轉為橙紅，再轉為暗紅的星火，終至熄滅。

潤叔與妻靜靜地看著火焰消失。

「走吧。」妻說。潤叔往瓷相看了一眼，回過頭來，妻已走遠了。妻老是走得快。潤叔跟上去。

「今晚煲清補涼。」妻彷彿自言自語。

「不如煲魚湯？」潤叔說，「紅衫魚？」

「哦？」妻只顧看馬路上的車，「幹嗎忽然想吃紅衫魚？」

於是那天晚上妻便熬了魚湯。潤叔看看時鐘，匆忙地吃過飯；妻收拾碗筷。

「這個別動。」潤叔拿起放湯料的碟，「有沒有膠盒？」

「幹嗎？」妻問，把膠盒拿出來，便獨自在廚房洗碗。潤叔夾起魚頭魚尾，再挑些吃剩的魚肉，放在膠盒裡，淘上點熱水。

「喂，」潤叔站在廚房門口，「我出一出去。」

「往哪裡去？」妻終於回過頭來。

「我……返公司。」潤叔低聲說，「有些事要辦。」

「你今天不是放假嗎？」妻雙手停下，水從喉頭裡「嘩啦啦」流出。

「去一去就回來。」潤叔囁嚅，「很快。」

妻沒作聲，又回頭洗碗去了。潤叔把膠盒放進膠袋裡，又帶了些舊報紙，便出門去了。前一晚，貓來的時候，潤叔發現牠一拐一拐的。只見貓後面左腿吊起，半吋毛沒了，露出血淋淋的皮。潤叔想走近細看，貓卻向後退，雙眼盯著潤叔。潤叔沒法，只好仍放下貓餅，站在遠處，貓這才放心進食。潤叔蹲下來，遠遠看過去，覺得貓好像瘦了，毛色也好像髒了些。他想起梁姑娘留下的貓糧中有些罐頭魚，便開了一罐，倒在舊報紙上，放到貓的前面。貓聞到腥味，便丟下貓餅，轉眼把罐頭魚都吃清光。吃完，貓看潤叔一眼，便又一拐一拐地離去。

潤叔拿著膠袋，走在炎熱的夏夜中，心裡抱怨梁姑娘給他這麼一份差事。這個時候，他應該坐在家裡看電視，吃水果；然後站在浴室蓬頭下洗個澡，洗得身體清清爽爽的，洗走煙味和消毒粉味，再開著風扇躲進被窩裡沉沉睡一覺——此刻他卻放棄了一晚的假期，把妻丟在家裡，獨個兒走出來。下次得跟梁姑娘說：我不幹了。

唐樓外面已圍上竹棚；潤叔把魚肉放在舊報紙上，擺在同一個位置，然後站在遠遠的街燈下。如果碰見同事，該找個甚麼理由呢？說是「餵貓」，一定把他們笑死。

一陣白光掠過，是大街外的汽車。一架、兩架……潤叔雙手交疊胸前。不知到第幾架車，貓忽然出現在白光中，兩眼反光，像透明的玻璃。潤叔站在巷口，點起煙，看著牠。這貓，頭頂啡色橙色夾雜，手腳肚皮則是白的。頭很圓，鼻樑卻窄。嘴尖。兩隻耳朵向外翻起，似乎在監聽四周有否異樣。貓吃著，不時抬頭，看看四周動靜；又把一隻手踩在報紙上，生怕食物被人搶走。長長的尾巴。街燈下，潤叔從口袋裡掏出一包香煙，抽出一枝，又掏出打火機，點起火，默默地抽起煙來。白煙中，對面馬路的一列店發出白色黃色的光芒：賣花牌花圈的花店、石廠、放骨灰龕的佛堂、長生店……門前一個個雲石製的骨灰盅，「品」字形擺放，在燈光下更顯明亮。租金貴啊，棺材都不放店面了。然而小時候他家的棺材就擱了一年多。奶奶腋下的膿瘡起初只有一顆龍眼那麼大。然而奶奶說：「得備一份棺了。」

於是她便帶著長子嫡孫阿潤往鄰村去。婆孫二人在一家店前停下來。阿潤往裡看，只見一個個發亮的木箱放在中間，也有些草蓆、織草蓆用的葉梗。

「這是張家婆不是？」裡頭忽然鑽出一個年輕男人來，「來看棺木？」

奶奶點點頭，拖著阿潤跨進店內。

「這些都是柳州的，」男人在木箱上敲兩敲，發出「噹噹」之音，「你看。」

奶奶又點點頭，不說甚麼。

「這副也好，」男人走過兩步，站在另一副棺木面前，「雖不是柳州的，然而也是杉木的。摸摸看呀。」

奶奶果然甩開拖著阿潤的手，在棺材上輕輕摸起來。阿潤抬起頭，看見男人一副齙牙。

「這附近幾條村的老人都來找我，」男人跟在奶奶後面，「早兩天，你們村姓容那一家也來了。」

「容家太公年紀比我大，比我還健朗。只是，小李哥，」原來奶奶認識這個人，「這些都是好的，只是價錢高些。」

「那就這個吧，」這個叫小李哥的男人指著角落的一副，「比剛才那些差不了多少。你若要，我過兩天跟容家老爺的那副一併送過去，再算便宜些。」

奶奶回過頭，看了阿潤一眼，阿潤便跟在她後面過去。這一副看上去不如剛才兩副大，木板也薄些。阿潤咽一口唾液，大著膽子伸手去摸，滑的、涼的、堅硬的。

「阿潤，」奶奶忽然低下頭，「漂亮麼？」

阿潤又看了棺木一眼，看著發亮的木板，深茶色，近乎墨黑，墨黑如鏡。阿潤在上面看見自己拉長了的倒影。

他抬頭，看著奶奶，點點頭。

「就這一副吧。」奶奶跟小李哥說。

「好的，我過兩天就親自送過去。我們也有壽衣，要不要揀一套？」

奶奶一時不搭腔，走到其他棺木前，又摸摸看看。半晌，才看著小李哥點點頭。小李哥於是帶著婆孫二人到店裡面去。那裡放著好幾個樟木櫳，小李哥打開其中一個，裡面放著幾件戲服也似的衣袍。

小李哥翻開上面的衣服，從櫳裡拿出一件黃色的，「這件不錯，挺適合您老。」

奶奶接過，把衣服打開。阿潤在衣服下，一陣樟腦味混雜了塵埃，朝頭頂襲來，忍不住大大打了個噴嚏。小李哥和奶奶都笑了。

「你看，阿潤，」奶奶把衣服湊近阿潤面前，「手工不錯。」

黃色的衣裳上繡滿大大小小的白色「壽」字。阿潤伸出指頭，按一按那些密麻麻圓鼓鼓的線步。

「奶奶，你要穿麼？」阿潤問。

奶奶「嗯」了一聲。阿潤想像奶奶穿起來的樣子，像大戲裡的老封君。

「這一件看上去大方。」小李哥說著，又往櫳裡取出另一件，「還有一件，比這個顏色深些。」

奶奶把手上那件交給阿潤拿著，又打開小李哥遞來的一件，打開來看。阿潤看來，兩件幾乎一模一樣。

「還是頭一件好。」奶奶端詳了一會，作出結論。

「好的，」小李哥把兩件壽衣都摺好，一件放回櫳中，另一件手裡拿著，「連棺材一併送過去。」

在長生店裡磨蹭了一個早上，奶奶拖著阿潤回去了。阿潤覺得奶奶心情很好。

「阿潤，」奶奶說，「我攢下的幾個錢，還有一隻金牙，都在床下的那個鐵罐裡。將來如果還有剩，給你爸的山墳換一塊好石頭，也給你媽添一件棉襖。」

阿潤不作聲。大太陽照得他張不開眼睛。

「還有，有甚麼事，不要請大夫，也不要送我到診所。就讓我在家裡走。你跟你媽說。」

蟬聲聒噪得阿潤頭痛起來。

「聽到麼，阿潤？」奶奶又問。

「哦。」阿潤瞇起眼睛，應了一聲。奶奶滿意地笑了。

幾天後，棺材送來了，放在屋裡最盡頭的房間中。小李哥走後，奶奶獨自留在房裡；阿潤在門外，看見她輕輕地撫摸著木頭，臉上始終微笑著，像母親撫摸自己的孩子。

奶奶回過頭來，朝阿潤一笑。自那時起，奶奶腋下的瘡就愈來愈大了。

潤叔狠狠地吸一口煙，把些雜亂念頭吸進身體的深處，然後化成輕煙吐出來。回過神來，他發現三色貓已經把魚頭魚尾吃過精光了，正低下頭，細心地舔淨自己的身體：舔淨手掌，然後洗臉，洗耳朵背後。潤叔看看手錶。他在街燈下一動，那長長的黑影便讓貓抬起頭，瞪著潤叔。潤叔提起腳步，牠便頭也不回地走了。

潤叔咕嚕了一聲：忘恩負義！然而他又想貓是對的。牠要領的是梁姑娘的情嘛，不是我，潤叔想。

（五）

後巷不遠處的廟街依舊人來人往，歌攤卻依然冷清；然而樂伯還是順步走到這裡來。這一夜唱歌的多了一人，跟婦人對唱。拉二胡的師傅似乎更起勁了；歌攤後面是一棵老榕樹，幾雙穿帆布鞋的腳，在樹圃上帳篷下露出來，一顆顆腳趾像石灘上一塊塊石頭。

樂伯聽得入神，卻忽然看見前排一個老翁隨著樂聲搖頭擺腦，便坐直了身子。一曲既終，老翁和樂伯熱烈地拍掌，樹下的石頭也稍作移動。唱歌二人微微向樂伯和老翁一笑，喝一口水，清清喉嚨，又唱起來了：

「四十年來家國，三千里地山河。鳳閣龍樓連霄漢，玉樹瓊枝作煙蘿。幾曾識干戈。一旦歸為臣虜，沈腰潘鬢消磨。最是倉皇辭廟日，教坊猶奏別離歌。揮淚對宮娥。」

樂伯無端聽出眼淚來了，縱然他不知道「霄漢」、「煙蘿」為何物。收攤了，樂伯前去打賞，婦人卻只顧和琴師說話。樂伯猶豫著，轉身要走，卻被婦人叫住：

「謝謝打賞。」

樂伯點頭一笑，婦人便對男人說：

「這位先生常來捧場的。」

男人拱一拱手：「多謝。」

「不要客氣。」樂伯說，「你們唱得十分好。」

「討生活而已。」男人說，「日間，我們在廣東道那邊還有一檔。」

「也是唱曲的？」

「不，賣胸圍內褲的。」婦人擺手笑著，指著男人，「我先生姓陳。」

「唱了一晚，肚子餓了。」陳先生把咪高峰交給妻子，向樂伯道：「不如一道宵夜？轉角有一間潮州粥最好。」

「這……」樂伯想拒絕；然而他只在黃昏時吃了碗雲吞麵，肚子也委實空蕩蕩了。

「走吧！」陳先生把外衣往肩上一搭，向琴師招手，然後又看著樂伯笑，露出中年人少見的、潔白的牙齒。

白澄澄的潮州粥烘得樂伯的腸胃暖洋洋；空無一人的家也彷彿不那麼冷清了。樂伯趕緊關上家門，把秋天的晚風關在外頭，開燈。客廳的電燈壞了一個燈泡，另一個也一閃一閃，似乎隨時會熄滅；半明半滅的廳中央依舊只得一張茶几，一張藤椅。茶几上擺滿舊報紙，一杯泡了幾日的茶，一個幾日前吃剩的蘋果芯。樂伯忽然覺得這些物事非常礙眼，便過去把舊報紙疊好，倒掉茶，汕過茶杯，丟掉蘋果芯，再拿抹布一抹，茶几的玻璃面登時明亮起來；玻璃下壓著的照片也重見天日。其中一張，兩個年輕人站在當年的尖沙咀街頭，背後的大廈外牆上是騎著鹿車的聖誕老人。紅色綠色的霓虹燈，砌成「聖誕快樂」四字。照片裡開懷大笑的是年輕的阿樂，旁邊是個尖臉的少女。

樂伯站起來，收拾衣服，往浴室去。

「愛風流，貪花月，醉擁美人，我但願長眠不醒……」

水蒸氣把鏡子都變模糊了；樂伯連連把熱水潑在左肩，好稍稍舒緩長年的關節痛；把肥皂往上擦時，果然不那麼僵硬了。樂伯仔細地抹乾身，穿上乾淨的睡衣，把帶回來的鹵水鵝片再打開來嗅一嗅，放進冰箱內，上床睡覺。

明天上班前煮點白飯便行了，樂伯一邊想，一邊鑽進被窩中。還有，記得買燈泡。

想到這裡，樂伯沉沉睡去了；窗外，秋夜的月亮分外分明，照進人家中，卻被燈火掩蓋。只有貓抬起頭，朝月亮看了一眼，便低頭，消失於後巷拐彎處。

（六）

「你倒好，把貓丟給我，自己走了。」再見到梁姑娘時，潤叔第一句話埋怨。

「可不是，你走得輕鬆呀。」樂伯也搭上腔。然而梁姑娘沒有理睬；她只是躺在那裡，任由舊同事抱怨。

「好了好了。」徐經理走過來，「梁姑娘如今是先人了，別亂說了。」

潤叔把文件「啪」一聲擲在桌面，抬起腿走了，走到外面吸煙。他狠狠地猛抽一口，辛辣的熱力登時湧進胸腔內。

樂伯、老龍也走來了，無言地點起煙火。三人無聲地站在那裡，彷彿在比賽誰先接受事實。終於，樂伯把第二枝煙吸到一半時，忽然把煙蒂丟掉，推門進去。老龍和潤叔還站在那兒，把手上的煙燒完，也回去繼續工作。

「丟！」潤叔把煙蒂用力按在牆上按熄。石牆上登時黑了一塊。再回去時，李姑娘和經理已在等了。

「我到外面跟梁姑娘的家人商議正事，這裡交給你們了。」徐經理臨行前看了梁姑娘一眼，嘆了口氣。

接下來，該把梁姑娘推進停屍間，潤叔樂伯卻只站在那裡，甚麼也不做。李姑娘也不敢催，只拿眼睛看著二人，又看看躺在停屍床上的梁姑娘。梁姑娘的臉貌倒沒太大轉變，依舊是一頭鬈而及肩的頭髮，黑中夾灰；高高的顴骨，下巴短，那時大家都說她有點西洋人的輪廓。心臟病發的人走得快，相貌跟生前的差不多。

樂伯走過來，在梁姑娘身上多蓋一張布。

「她一向怕冷。」樂伯沒抬頭，彷彿自言自語。然後潤叔走過來，二人把梁姑娘推出去。車走過凹凸不平的紙皮石上，發出「龍龍龍」聲響；震動從車底傳來，震得潤叔雙手生痛。

他們把梁姑娘抬上停屍床，忽然，潤叔看了樂伯一眼，樂伯也想起來，不知該怎麼辦。

李姑娘好一會才意會過來，說：「那麼……」

「我來吧。」潤叔說。

「要不，你們在外面等，」李姑娘一笑，「如果我要幫忙就叫你們。」

「不，」潤叔戴上手套，「一個人不夠力。總得有人做。」

「那麼，我也幫忙吧。」樂伯說，「人多，手腳快些。」

三人替梁姑娘淨身。然後潤叔和樂伯合力把遺體放進冰櫃內——跟指定的程序一樣。

安息禮的那一天，潤叔等幾個早就走到靈堂前鞠躬，然後梁姑娘的家人才到來。

事前，他們幾個商議，該送些甚麼才好。

「不是說梁姑娘的兒子信耶穌麼？」老龍說，「他們不要金銀衣紙。」

「那就送花圈吧。」潤叔說，「只不知道梁姑娘有沒有信教。」

「問問經理便知道。」樂伯轉身離開，回來時說：「也是耶穌教的安息禮。經理說他也湊一份兒。」

於是他們決定湊錢送花圈。安息禮上，他們的花圈放在遺照的左邊，比旁邊公司名義送的略小些，碗大的百合飄來濃郁的香味。梁姑娘的兒媳穿著黑衣，站在花前鞠躬謝禮。媳婦手裡抱著半歲大的嬰兒；嬰兒伏在母親的胸前睡著了。

潤叔常聽人唱詩，自己卻未唱過──他已想不起上次唱歌是甚麼時候的事了。只好跟著眾人喃喃唱道：

「任遭何事不要驚怕，天父必看顧你；必將你藏祂恩翅下，天父必看顧你……」

嬰兒忽然哭起來了，他的母親輕輕地拍著：「哦……寶寶乖……別哭……」孩子的哭聲也不大，只是「喔……喔……」的幾聲，夾雜在詩歌裡：

「天父必看顧你，時時看顧，處處看顧；

祂必要看顧你，天父必看顧你……」

安息禮完成後，潤叔等依舊負責上山安葬。回來時天已黃昏了。潤叔倒了杯水喝，便到後巷餵貓。貓的腳傷似乎已經好了，也不知牠是怎樣復元過來的。潤叔開了一罐罐頭魚，貓最愛吃的那種。

「多吃點，」潤叔自言自語，「當是解穢飯。」

不知道貓是否聽懂潤叔的話。反正牠本來就吃得快，吃過了就走。然而這晚，潤叔試著走近，貓也沒跑掉。牠只是抬起頭，見潤叔不再動，便又低頭吃去。潤叔發現貓的肚子比之前大了。

「真的，這些差事倒推給我。」潤叔又抱怨起來。然而梁姑娘已經聽不到了；剛才是他親自把她的棺木放在運輸帶上，好讓她的兒子把她送進火化爐裡。按下按鈕的一刻，梁姑娘的孫兒又哭起來了。

「寶寶不要哭……」媳婦本來正低聲飲泣，此時只好哄著孩子唱起歌來：

「天父必看顧你，時時看顧，處處看顧；

祂必要看顧你，天父必看顧你……」

背後忽然傳來開門聲，貓馬上掉頭跳開幾步，鑽進巷口盡頭的鐵絲網後。潤叔轉頭一看，是徐經理。

「外頭花圈送來了。」徐經理說著，站在那兒，跟貓對望了一會。貓忽然逃去無蹤。潤叔以為要被經理說兩句，但他沒有。

潤叔把報紙收拾好丟掉，拍掉手上的灰塵，推門進去。

（七）

徐經理把今天的工作吩咐了他們幾句，走了，樂伯這才把帛金封拿到潤叔面前：「替我拿給姓沈那家人。」

「姓沈？」潤叔看看出殯名單，「三樓那家？」

「嗯。」樂伯把信封遞過去，潤叔卻推開了：「幹嗎你自己不去？我又不認識他們。」

「別問啦，總之叫你去便去吧。」樂伯索性把信封揉成一團塞進潤叔手裡，馬上轉身走了。潤叔忙用兩手壓平，正反兩面看看，道：「哪有人付帛金不寫上自己的名字！」

然而樂伯早已走開了。他走到對街的便利店，拿起一罐啤酒，付過錢，就站在店裡打開喝，把背脊向著外面。啤酒不夠凍，喝進嘴巴裡又暖又澀。一個穿校服的少女走到凍櫃前，打開櫃門，拿了一枝汽水；她瞅了樂伯一眼，樂伯便低下頭去。那眼神裡的野性，樂伯相當熟悉。那時他們五六個人，男的稱兄道弟，只她一個女孩子，大家都喚她「靚妹」。一伙人在太子旺角一帶哪個不識，哪個不賞幾分臉。

「樂哥，」她這樣叫阿樂，「餓了。」

於是阿樂帶大伙兒吃潮州打冷，飯菜叫滿一桌。啤酒把眾人的臉灌紅。偶爾有認識的人經過，喊一聲「樂哥」，阿樂便著店裡的人斬一碟鹵水鵝讓他們帶走。

「謝謝樂哥！」他們說。阿樂只微微一笑，擺一擺手。

飯後，大家便逛逛果欄，或是找那些在夜總會門前「代客泊車」的伙記聊天。靚妹常常看著穿晚裝的小姐進出。她們長長的耳環在她的眼睛裡晃動。

「看看好了，」阿樂之後對靚妹說，「她們的錢不是你有本事賺的。」

然而不久後阿樂被抓去坐牢了。間中，有以前的朋友也進來了，告訴他靚妹的消息：她到底還是當上舞小姐，後來跟了一個販毒的。

「販毒？」阿樂無法相信，「人家就看得上她？」

「人家不過是玩玩，」那人說，「後來那男的玩厭了，也就把她丟了。也聽說她返過夜總會呀，只是再也混不起來。之後再沒有人見過她了。」

自那天起，阿樂便每天在監獄裡拿報紙看，留意上面有沒有同名同姓，或差不多年紀的人的消息；然而到出獄的那一天還是沒發現。於是阿樂走到那時常去的打冷店，卻見那裡已變成一家泰國菜館。時值下午，門前的營業牌反過來掛起，阿樂在外面探頭探腦。

「找誰？」裡面一個人打開門，露出臉來。是個講廣東話的泰國人。

「搞錯了，對不起。」阿樂轉身而去。

以前的兄弟不是坐牢就是收山，發了跡的阿樂又見不著；況且他也不想走回頭路了，便託一個幾年前出獄的朋友介紹，當上了仵工，一做二十幾年。頭幾年，見到那些年紀該差不多的先人，阿樂便留心掛在屍布外的名牌；尚有臉貌的便看一看樣子。然後一年一年過去；阿樂變成樂叔，再變成樂伯，靚妹的身影也逐漸離樂伯的記憶而去。

啤酒喝完了，樂伯再也沒有藉口逗留。從後門進去，潤叔正從靈寢室出來，望他一眼，手指往身後一指，微微笑道：

「為甚麼你自己不去看看呢？」

「有甚麼好看？」樂伯裝出漫不經心的樣子。

「親自看一眼嘛。」

樂伯不作聲。

「姓沈那一家，只得一個阿婆，兩三個人，兩個花圈。」

「用不著向我報告呀，」樂伯說，「不過是普通朋友。」

「隨便你。」潤叔聳聳肩，「反正帛金已交了，也沒有取回的理。」說著便走開。

樂伯站在靈寢室門口，躊躇著。他想像不到靚妹如今的樣子──中間已經二十多年了，再好看的少女也會變樣。況且又不知是怎個死法──算起來也不過是中年人。

樂伯推開靈寢室的門進去。

「咦，樂伯？」李姑娘抬起頭來。

「要幫忙嗎？」樂伯搭訕。

「我一個可以了，你忙你的吧。」

「嗯。」樂伯隨口應了，眼睛卻往李姑娘身後瞄。遺體的臉被化妝箱擋住了。

「沈先生，梳頭嘍。」

「沈先生？」樂伯禁不住走過去看看，只見是個中年男人，胖胖的。

「車！」樂伯衝口而出，又馬上掩上嘴巴。

「你怎麼了？」李姑娘把手上的木梳放下來，連忙向沈先生合什：「有怪莫怪，有怪莫怪。」

「對不起。」樂伯向沈先生拜了幾拜，匆匆走了。背後傳來《心經》音樂，許是李姑娘把唱機開了。

樂伯走到後巷，點起香煙；他想笑，笑自己，但笑不出來。忽然，頭頂一下冰涼，樂伯抬頭一看，只見貓跳過簷篷，濺起積在上面的污水，濺到樂伯的頭上了。

「丟！衰貓。」樂伯一邊罵，一邊拿手帕擦頭髮，又禁不住搖頭笑了。

（八）

「衰貓！」

母親「霍」一聲揭開布簾，貓們便嚇得四散。一頭狗走過來，把魚骨吃掉。狗的皮毛禿成一塊塊。然而看上去牠還是吃得有滋有味，反覆把魚骨舔遍了，才咬碎吞下去。吃完，狗舉起後腿，在耳後用力地抓了幾下，「逢逢」有聲，然後遠去。

母親也喜歡貓。鄉村裡本來就貓狗處處，自來自去。母親撩開布簾，看見一頭野貓走過，便「喵」一聲逗牠。貓轉過頭來，看她一眼，便又自箇散步去。間中，阿潤從河邊抓來幾尾小魚，母親便把吃剩的魚頭、魚腸放在門口，幾頭貓便圍起來吃，吃完蹲在那裡舔手腳，有時把魚骨拖得四處腥臭，或在門口打起架來。

牠們吃過了，母親便拿水潑在地上，沖走腥氣，轉身入屋。那時，母親把長長的黑髮梳在腦後成髻；拿著木盆的手露在稍短的衣袖外，一雙手腕修長。她用這隻手摸摸阿潤的頭。阿潤抬起頭，還沒來得及見到母親的臉，吵耳的電話鈴聲便又吵到夢中去了。

妻摸索著出去接，說了兩句便掛線，靸著拖鞋急步走來：

「黃姑娘打來，說媽突然喘得厲害，叫我們直接往醫院去。」

夫婦二人起床穿衣，出門時天已既白；路上有小巴巴士，也有些晨運客，上班的行人。他們要展開新的一天；每個新的一天都會有些人離去，有些事情結束。

潤叔已許久沒見過母親如此乾淨的臉容了：鼻孔裡的胃喉拔去了，手臂上的點滴也拔去。雙目不再半開半合，而終於完完全全地合上；眼垢、嘴角的唾液也都抹淨了，頰上兩顆豆大的老人斑顯得更清晰。

母親走了。

潤叔夫婦站在床頭。到達醫院前，護士已把母親送到另一個較小的病房。那裡沒其他人，只有另一個用白布蓋著的人，躺在母親對面的床位。潤叔來了，護士就把兩張床之間的布簾拉上隔開。布簾外忽然傳來急而碎的腳步，然後一把女人的聲音喊了一聲「媽」，接著大哭起來：「媽，你怎麼不等我？媽，你怎麼不等等我？」

過了好一會，才有一把男聲，彷彿煩厭又彷彿不知所措：「別哭了……好啦……不要再哭了……」

然而女人並沒理會男人的勸告；這時又再傳來密集的腳步聲，又多幾把痛哭的聲音，都是女的，像幾支喇叭在近距離「嗚嗚」合奏。

這家人人口真多，潤叔想。他依舊站在床頭，眼睛看著自己的母親，耳朵聽著人家的哭聲。這一天終於來臨；這幾年，潤叔間中便會想，母親走的一天會是怎樣的光景。會不會是夜半走了，到第二天才讓姑娘發現呢？又或者，他和弟弟趕到了，扶著病床大哭起來，像電視劇裡的情節一樣……這一天終於來了；事情並沒有想像中的讓人激動。潤叔試著冷眼看母親：遺容清潔，看上去像睡著了的，手腳也齊全，兒子媳婦又在身旁——雖然咽氣的時候潤叔還沒趕到——論理，實在說得過去了。說得過去啊！潤叔對自己說。不然還想怎樣呢？

辦過手續後，潤叔夫婦便離開醫院。他們再次站在升降機前等候，八、七、六、五……門開了，裡面沒有人，也沒有手推車。潤叔看著白光被升降機門迅速夾扁，然後「轟」一聲，外頭的一切都切斷了；機械快速下墮，把升降機內的人壓成模糊一片的顏色。

他們再次經過小草坪。初秋時分，早上的陽光把草坪照成金黃；擦身而過的年輕護士都穿著薄薄的外套，她們的笑聲彷彿從遠處傳來。四周有各種各樣的聲音，潤叔卻無法聽清楚。這一刻，他覺得自己的心像個校不對頻道的收音機，「嗶嗶嗶」的雜音在微弱地吵著。

「喂。」雜音中，忽然傳來一把清晰的聲音。然而潤叔還未回過神來。

「喂。」聲音又來了，而且就在身旁。潤叔轉過頭去，是妻。妻伸手，把潤叔拿在手裡的風衣接過，對摺，放進手抽袋裡，繼續低頭走。這一次，她沒有走在前面，而一直在潤叔旁邊。

母親可能沒見過妻。然而娶妻卻是母親的意思。潤叔抬起頭；天空中一架飛機飛過，像海面上一艘細小的船，然而激不起浪花，就這樣無聲地遠去了。

「喂？阿豐吧？」

「媽今早走了。」

「還好，我和阿嫂都在。」

「月底，廿八號。」

「對，我會搞掂。」

「這些我也會搞掂。」

「好，就這樣。」

潤叔掛線後，妻便說：「你弟弟來麼？」

潤叔點點頭，妻便不再說話了。然而過了一會她又問：

「你多少年沒見他？」

潤叔有點不耐煩：「不知道，哪裡記得這些事？」

「我倒記得呢，我嫁給你之後，總沒見過他。」妻站在那裡熨衣裳，「他也不來看看自己的媽。」

「你們這些女人，就是小心眼。」潤叔拿起剛熨好的衣服，還是燙手的。妻把衣服奪回手中。

「搞甚麼嘛你？」潤叔皺起眉，卻又不敢大聲。

「褲還沒熨好呀。」妻鼓起兩腮，「別讓我說中了，媽的事，他一個錢也不會出。」

「他們在內地也艱難呀。」

「你以為還是三十年前？不是說他們的俊豪在上海搞生意嗎？」妻把熨斗用力壓在衣物，壓得「滋滋」作響，生出縷縷白煙。潤叔一時間想不到怎樣回答，便「哼」了一聲，躲到房間找襪子。

「襪呢？」他想問，卻把話硬生生吞進肚子裡。再找了一遍，終於在抽屜的深處找著。潤叔坐在房間裡，等妻把熨好的制服拿來，便更衣出門了。走到街上，他才仔細去想：真的，至少有七、八年沒見過弟弟了；平時也沒通電話。只是幾個月前，潤叔在尖沙咀碰見過弟婦。那次還是她先喊他一聲「哥」，潤叔認了好一會才把她認出來。她跟朋友到香港購物。潤叔見她手裡大包小包的。

「才來兩天，今兒到，明天一早就走，所以沒告訴你。」弟婦說，舉起拿滿包包的手，托一托太陽眼鏡。

「哦，」潤叔看看她，又看看她身後的幾個婦人，說，「回去告訴阿豐，媽在老人院挺好，不用擔心，我和阿嫂會去看她。」

回家後跟妻說起，妻又嘮叨起來：「也沒見過這樣的人，人家還沒問候媽呢，你自己就搶著，往身上攬了。難道媽只有你一個兒子？」

「女人，就是小器！」潤叔忍不住頂了回去。

「你不說自己糊裡糊塗，倒說我小器，」妻丟下湯勺，走到廚房門口，「家裡家務不見你動手？你弟弟說一句，天上的月亮也摘下來給他。人家自然樂得甚麼也不知道。這也怪不了別人，要怪就怪你自己愛面子，包攬事……」

潤叔聽見妻左一句「人家」右一句「別人」，彷彿弟弟不是他親弟弟似的，心裡也有氣，便賭氣不吃飯，「啪」一聲，關上大門，出門買花生吃去。

秋日的太陽不算毒，但也曬得人張不開眼睛，像天下間所有妻子的嘮叨。幾個男孩子在秋陽下的操場上踢球；年紀跟老龍的兒子差不多。「嗖──」的一聲，一個孩子向著龍門猛射，卻擦柱而過。「丟！」稚嫩的嗓音爆出一句粗話，像雛鳥吱喳。潤叔無聲地笑起來；操場的另一邊坐了幾個女孩子，彼此交換手中的照片來看。其中一個高大些的，潤叔認得是阿乖。一個女孩不知道說了些甚麼，其餘幾個就呵呵笑起來。兩個看來是兄弟的男孩，穿著同一款的拖鞋；大些的那個手裡拿著一枝冰棍，自己吃一口，遞給小的吃一口。

「哥！」弟弟手裡拿著兩枝大紅花，把一枝遞到阿潤面前。兩兄弟一起用力一吸，一口氣把花蜜都吸光。

「好吃！」弟弟笑了，露出兩個門牙洞。小時候，他得了甚麼，一定分一半給弟弟。弟弟也一樣。

走到有蓋巴士站，太陽照不進來，潤叔又覺得有點涼意了。幾條橫額掛在巴士站的欄杆上，上面的區議員對空無一人的站頭微笑。

本來做長子的應該捧遺照走在前頭，潤叔卻堅持揹棺材。

「沒這個規矩吧？」老龍說，「你是長子呀。」

「我弟弟會從鄉下出來，到時由他來捧。」

「這樣成嗎？」樂伯也搭腔，「從來沒聽過你鄉下有親人。」

潤叔不語，只低頭看牌。

「隨便你吧。」樂伯把牌翻開，一對十。算起來又是潤叔贏。今天他已贏了五回了。

「又輸了！」樂伯把牌一推，「丟！不玩啦。」

「我媽保祐我嘛。」潤叔笑道，「她就躺在隔壁。」

「你作……」老龍說了一半把話吞回肚裡，用他那雙渾濁的雙眼瞪著潤叔。潤叔只是低頭數錢。

鄉間的屋裡，母親坐在小板凳上，他站在後面，替她攏頭髮。空氣中有燒柴的氣味，金色的陽光落在門前；公雞的背後是個大而闊的天空，屋和樹在夕陽中只得個輪廓。一隻大公雞在外面走過，雙爪壯健，一下一下往前踩。忽然牠停下來，「喔喔喔」地啼了幾聲。於是阿潤唱起歌來：

「雞公仔，尾彎彎，做人新婦甚艱難……」

母親的頭髮摸上去滑而膩，黑得發亮。潤叔記得自己用力把頭髮往後攏；一把把頭髮握在掌心，厚而多，小小的手掌幾乎抓不住——那一年他多大？十歲？

忽然想起這個，連潤叔自己也吃了一驚。隔了幾十年，他再次拿起梳，替母親梳頭。這一次，母親的頭髮灰白，硬而短。他停了下來。

「潤叔，」李姑娘看著他，「不如讓我來？」

潤叔搖搖頭。過了一會，他又重新梳上。安老院本來就把母親的髮剪成平頭裝，幾下就梳完了。

「要不要染髮？」李姑娘問。

「不必了。」潤叔答，「媽怕染髮劑的味道。」

「我媽也怕，她從來不染髮。」李姑娘一笑，「我也得記著。」

接著是淨身。潤叔端來熱水，把一條新的小毛巾擰乾，先用白布把母親的身體蓋好，然後抹臉。他把毛巾包著指尖，輕輕地抹眼角、耳朵；換毛巾的另一面，抹嘴巴。然後重新擰過毛巾，抹頸，下巴和髮際都抹乾淨了。潤叔端詳端詳，覺得滿意了，才把白布逐少褪下，又擰了毛巾，輕輕抬起母親的手臂，抹腋下；胸口、肚臍也抹了，之後是手心，翻到手背，還有手指之間薄薄的那層皮。接著把白布拉上，蓋著上半身，從大腿到腳趾、腳跟、腳底。

冷氣從風口噴出；潤叔把雙手伸進熱水中，燙得發滾。淨過身，穿好衣，潤叔把被褥鋪在棺材上；剛墊好，樂伯和老龍就進來了。

「用不著這麼多人，」潤叔說，「我跟阿樂便行。」

老龍卻不作聲，只看看四周，又看看棺材內的東西，扶一扶裡面的枕頭；然後向母親的遺體合什了一下，逕自轉身走了。這時李姑娘拿過化妝盒來，又到徐經理進來，合什，又走了。李姑娘這才打開化妝盒：

「伯母，上粉嘍……」

下午，弟弟阿豐到了。

「是不是太小了一點？」他指著潤叔替他準備的百合花牌，「錢不夠我付。」

潤叔不作聲，帶他走到靈堂後，看看母親的遺容。弟弟喊了聲「媽」，擤了擤鼻子。潤叔看著弟弟的側面，這才發現弟弟的樣子跟母親長得相似。從小，大家都說弟弟長得漂亮，寬闊的額、方正的下巴，是個富貴相。

「待會兒你去捧媽的照片。」潤叔說，「我去揹棺材。」

「你才是長子呀！」弟弟轉過頭來，「哪有這樣的規矩，人家看著笑話。」

「我說成就成。」潤叔早預了弟弟有此反應，但卻想不到該如何解釋，「我已經跟同事說了，一會兒聽他教你。」

說著，老龍就進來了。潤叔讓他和弟弟認識，然後自個走到靈堂前。他們的親友本來就不多；妻和弟婦在一旁燒衣紙。忽然老龍喊了一聲「有客到」，潤叔馬上站起來；來者是個西裝筆挺的年輕人，對遺像鞠過躬，向潤叔伸手走來，叫了一聲：「伯伯。」潤叔只好也伸手讓他握著，堆起微笑。忽然他才想起：這，就是弟弟的兒子，母親的內孫，自己的侄兒。於是他說：「孝服在裡頭，著人給你拿來。」

「他趕著走呢，」弟弟說，「他順道來見客，下午就返廣州。」

「哦。」潤叔指著摺椅，「那你坐坐。」弟婦走過來，給兒子遞上西餅；兒子吃過了，又遞上紙包檸檬茶。然後他就走了。

喪禮過後，弟弟向潤叔抱怨：怎麼連個唸經的和尚也沒有？媽一生辛勞，後事也該好看些。潤叔沒答，把母親剩下的幾枚金戒指留下一隻給妻，其餘的全給了弟婦，送他們上了往火車站的巴士。到了家的樓下，潤叔掏出煙包，走到吸煙區。背脊貼著公園外圍的牆壁，一股涼意透過身上的制服滲到皮膚上；他抬起頭，恰好看見不遠處屋邨的街燈點起，發出白光。久已沒打掃了，燈泡都積了塵埃，像蜘蛛網一樣結在玻璃罩上，隨著晚風微微抖動。光線射得潤叔兩眼生痛，他卻沒有低下頭的意思，彷彿光線從眼睛裡射進腦袋，照得空白一片，甚麼也不用想。

剛才，是他親手在母親的棺槨上綁上麻繩竹竿，揹起，從靈堂抬上車，又從停車處走到火葬場，把棺材送進火爐裡。弟弟捧著母親的遺照走在前頭；潤叔彷彿見到親友臉上懷疑的表情。出乎意料的是妻並沒有說甚麼；她只紅著雙眼跟在後面。麻質的孝服本來就挺硬，妻穿上了，更把衣服都撐開來了，像古裝電視劇裡的蓑衣。弟婦在妻的旁邊飲泣；潤叔看著焚化爐裡的火焰。是的，抹身還不夠乾淨，如今大火一燒，才是徹底。潤叔攤開雙手，手心早起了繭，上面殘留麻繩擦過的刺痛。每次，潤叔都用力把繩索緊；手臂粗的麻繩，來回扯上幾次，才揹上肩膀——揹上去時一定得呼氣，不然傷了氣門。在肩膀上抖一抖，確保綁結實了，然後邁開腳步。腳步講究左右平衡，跟呼吸配合。這是以前師傅教的。做了仵工這些年，潤叔終於覺得這些功夫派上用場。

打開家門，便看見妻蹲在客廳中央，收拾母親的遺物。兩個紅白藍大袋，裡頭都是從安老院領回來的東西。潤叔打開一看，有睡衣、毛衣、毛巾等。另一袋是被褥。

「你不休息一下嗎？今天大清早起來了。」妻說。

潤叔蹲下來，陪著妻子收拾，「挑些好的出來捐掉，其他的不要了。」

「這件，」妻打開手中一件，「很漂亮。」

潤叔停下來，看著妻手中的衣裳：那是一件毛冷背心，棗紅色的，滾咖啡色邊，兩個咖啡色口袋。母親最愛把兩手插進袋中。那是某一年新年，他贏了錢，在永安百貨給她買的。那時他還未當上仵工，還會過新年。

「我這把年紀，會不會太威風呢？」母親把衣服穿在身上，靦腆地說。

「怕甚麼？新年嘛。」潤叔答，「明天初一，穿去拜年吧。」

母親一笑，把衣服脫下來，仔細摺好，放在抽屜裡。第二天，她果然就穿上，到黃大仙燒香去了。

潤叔從妻的手上把毛衣接過來。這麼多年了，毛衣在他粗糙的手中依舊柔軟溫暖。

「你喜歡嗎？」潤叔把毛衣摺起，遞給妻，「媽那時不捨得，也沒穿過幾遍。」

妻歡歡喜喜地接過了。

（九）

貓不見了已第四天了。潤叔「喵喵喵」地找過附近的幾條後巷，就是不見蹤影。

第四天，潤叔沒法了，問其他人。

「沒有呀。」樂伯埋首馬經，「怎麼了？不見了？」

「幾天不見了。」

樂伯把馬經翻到另一版，眼睛依舊盯著報紙，說：「你不是說貓大肚了嗎？大概躲到不知哪處生孩子了。」

潤叔一想有理，然而到哪裡找呢？

「叫你女人煎些魚。」老龍搭腔，「秋刀魚最香。」

樂伯摺起馬經，「不用了，我今天的飯盒有魚。」

「沒變壞吧？」老龍笑道。

「不會啦。」樂伯自己也笑了，「昨晚跟朋友吃飯，吃剩帶回來的。」

「你這人，哪裡來的朋友？」老龍把長衫頸喉鈕扣上，開門出去。

於是，那晚潤叔就把樂伯揀出來的魚頭魚尾拿到後巷。放下貓食不久，收紙皮的婆婆就來了。潤叔看看手錶，晚上十一時。

「阿婆，」潤叔趨前問道：「這兩天有沒有看見一頭貓？」

婆婆側頭想了想，「是不是那頭三色貓？我在那裡見過牠。」說著用手一指，指向潤叔身後的高處。潤叔抬頭一看，正是那座舊樓的簷篷，上面已搭了竹棚，圍上大幅膠布，工人隨時來拆樓。

「哪，你踩上去，看看夠高不夠？」婆婆指著手推車上的紙皮。潤叔依言踩上去，婆婆便在下面扶穩手推車。簷篷與竹棚之間的積水把紙巾、膠袋、避孕套等廢物浸得霉霉爛爛，傳來一陣垃圾臭；潤叔卻看到一窩貓仔在竹棚上呼呼大睡。

「哎呀，那貓生了。」潤叔躡手躡腳地爬下來。

「母貓生了仔，最兇。」婆婆說，「你可別碰牠的孩子。」

婆婆撕下一小角紙皮，把貓食放上去，遞給潤叔。潤叔又爬上去，把貓食放在簷篷上，又爬下來。第二天日頭，潤叔端來一張椅，爬上去看，紙皮仍在，上面的貓食已不見了。貓仔依然在隙縫中，幾個小小的頭向著空氣蠢動，像鳥巢裡的雛鳥。也不知母貓何時回來吃飯的。潤叔在摺椅上慢慢轉身；從兩幢大廈之間的空隙中，看見對面街正興建一座新大樓。大樓的平台也有一層樓高，外圍種滿了椰樹，令城市的冬天也充滿熱帶風情。

回去一說，老龍的兒子便吵著要去看小貓。

「不可以！」老龍放下茶杯，「牠們在簷篷上，好高的地方。」

「我要看……」小孩子扁起嘴巴。

「太多人去看小貓，母貓就會把孩子帶走，藏到另一個地方，」李姑娘蹲下來，對孩子說，「待牠們大一點，我們才看，好不好？」

「你快給我唸書，明天不是測驗麼？」老龍說著，匆匆出去了。今天出殯的其中一戶人口多，單是喊「有客到」也喊了上百遍。老龍偷空進來喝口水，又去了。孩子把功課做完了，就在休息室的沙發上睡覺。睡醒了，自己坐起來打遊戲機，一邊打一邊揉眼睛。潤叔經過，看看牆上時鐘，已是晚上十一時。

「爸爸快下班了，」潤叔說，「我們去等爸爸下班。」

孩子點點頭。潤叔便帶他到殯儀館後的小空地去。一推開門，火光便迎面把人照得滿面通紅；幾十人圍著火爐，火光中伸出一個紙紮童男。童男的身體已被火焰吞噬，七彩的顏面還在夜色中微笑。哀哀哭聲中，忽然傳來老龍的吆喝：

「請大聲呼喚先人，讓先人收妥物品！」

然後傳來一陣齊整的叫喊：

「爺爺，收嘢啦！爺爺，收嘢啦！」

火舌舔著童男的臉孔；臉上的微笑忽然變透明，來不及燃起光和熱，便在呼喊聲中化為灰燼。潤叔低下頭，只見孩子出神地看著眼前情景。

「你害怕嗎？」潤叔問。

孩子搖搖頭，舉起手指著前方：「爸爸。」

潤叔順著孩子指著的方向望去。老龍站在火爐旁邊，穿著長袍，雙手放在背後。熊熊烈火就在他面前晃動；然而老龍腰板挺直，雙眼盯著光亮處，毫無畏縮之意。

「對，」潤叔拖著孩子的手，「那是你爸爸。」

（十）

這是農曆新年前的最後一宗差事。過了這兩天，接下來就是接近一個月的長假期。老龍這幾天連牌局也不玩了，忙著買東西、打掃家裡，接孩子的媽來香港過年。李姑娘年初一早上就上飛機，一家大小去台灣旅行，答應回來請大家吃鳳梨酥太陽餅。其他人雖不過年，也自然想放假的，畢竟一年到晚只有這個月能稍作休息。

潤叔看看時鐘，站起來。樂伯於是跟著走。對過名字，他們打開屍格，把王老太太搬出來，淨過身，推到李姑娘那邊化妝，然後又推到靈堂後的小房間。剛放停當，一名穿著孝服的年輕人走過來，雙手放在背後，端詳了遺體一會，微笑著說：

「辛苦你們了。」

潤叔連忙搖手：「哪裡的話。」

「真的，謝謝你們。」年輕人復又把臉轉向王老太太，「奶奶生前說過，妝不用化太濃。現在這樣就好。」

潤叔聽說，也看了王老太一眼，果然是挺自然的。老人家上周過身，恰好殯儀館有一個空檔，不必等到過年後。要不然，李姑娘就得重手些──殯儀館向來農曆年前最忙，多數沒檔期，這次算是湊巧的幸運。死也得講時辰嘛，潤叔默默地想，再次證明自己的看法沒錯。

另一個穿孝服的中年人也進來了，跟年輕人一樣的大眼睛，一看就知道是兩父子。

「不錯呀。」中年人說，「跟你奶奶生前的模樣差不多。」

王老太太躺在棺木裡，不知是否聽到兒孫的讚美。潤叔心裡倒是覺得李姑娘好手藝。

「謝謝你們了。」中年人──應該是王先生吧──向潤叔道，「請問，有沒有麻雀枱？」

「麻雀枱？」潤叔反問。

「是的，麻雀枱。」王先生的眼睛又回到先人身上。

潤叔跟徐經理確認了，便抬了麻雀枱出來；家眷都讓開，讓潤叔把枱開在靈堂中央。王先生忽然甩一甩孝服的尾巴，把一鐵盒麻雀放在枱上，吆喝一聲：

「開──枱！」

說著，倒扣鐵盒，把裡頭的麻雀牌「嘩啦啦」全倒出來；其他人自動過去坐下，疊牌，擲骰子，「辟辟啪啪」搓起麻雀來了。只有一名老人坐在旁邊，興致勃勃看著他的後輩在靈堂上開賭。兩個小學生模樣的孩子在玩玩具車。

「爸，你打不打？」王先生朝老人喊道。

老人──王老先生搖搖頭：「不啦，老眼昏花，看不真。」

眾人於是投入牌局去。樂伯在潤叔旁邊說：「許久沒有人在靈堂裡打牌了，看得我也手癢起來。」

潤叔笑著說：「這家人還和藹，或者你跟他們討幾圈玩玩。」

樂伯白了潤叔一眼，老龍的兒子卻不知何時捧著西瓜球走了出來，瞧著王家的孩子。

「你怎麼跑到這裡來了？」老龍從後面追出來，孩子卻索性往前跑，跑到王老先生跟前去。

「你快過來！」老龍想喝，又不敢大聲。孩子仗著人多，也不怕父親。王家的兩個孩子看見西瓜球，便丟下手裡的玩具車，三個小傢伙把球兒拋來拋去。老龍過去，想把孩子拖開，卻被王先生叫住了：

「沒關係，你瞧我爸，多開心。」

果然，王老先生在旁邊看小孩子玩耍，眯起雙眼，滿臉笑容。

「我媽說的，喪禮上大家要開開心心。」王先生雙手忙著搓牌，大眼睛裡滿是笑，「我們也遵照她老人家的意思。」

其餘幾個麻雀腳也都附和。老龍不好意思再說甚麼，便退到潤叔旁邊：「這老太太，好福氣。」

「我奶奶死時，也是這樣。」潤叔看著孩子們玩球，「死之前一年，她好像知道似的，帶著我去揀棺材，揀壽衣。棺材運來了，放在家裡房間，她隔幾天就去抹一遍。又跟我媽說，死了不要風光大葬，說她在生時我媽服侍了她這些年，就夠了。」

「看得開呀。」老龍由衷地說。

「對。」潤叔說，「後來，我媽也這樣對我說了。」

翌日早上，把老人家開開心心送上山後，殯儀館也就關門休息了。李姑娘換過衣服，挽起手袋，走到這邊門口，跟大家揮揮手，說聲「過年後見！」便揚長而去；她的丈夫早在外頭等她。樂伯一邊脫下制服，一邊問潤叔：

「年初三，是吧？」

「我都無所謂，」潤叔撣一撣剛換上的衣裳，「你們怎說怎辦。麻雀枱、卡拉OK光碟都有，你那唱曲的朋友，叫他們也一道來。」

「爸，是不是到潤叔叔家裡看小貓？」老龍的孩子抬頭問他的父親。老龍「唔」了一聲：「那得看你乖不乖了。你今天寫了多少個英文字呢？」

孩子從書包裡拿出功課簿來，老龍打開一看，裡頭寫滿他不認得的字。徐經理在旁邊把頭伸過來看，說：「寫得不錯啦。」

老龍相信了，把簿還給孩子。孩子把簿放進書包裡，看著徐經理。徐經理背著老龍打個眼色，笑了。

「好啦，年初三見。」潤叔朝大家揮手，「你們到時多帶點錢來進貢，銀行不開，我家樓下老遠才有提款機。」

「丟！你現在就先去提款，等著到時輸吧！」樂伯啐道。

「叫阿嫂不要大排筵席，我們有麻雀打，飯也不用吃，」老龍笑道，「真餓了，像年輕人那樣，叫薄餅。」

「我要吃薄餅！吃薄餅！」孩子又嚷起來。

潤叔下了車，就見到巴士站旁的便利店玻璃外牆貼滿了揮春。一個男店員把一盒盒五顏六色的曲奇糖果堆成小山丘，另一個女的則在店門前擺開一張摺枱，鋪上一整卷紅色的花紙，彎腰把花紙裁成一張張包禮盒用的大小。潤叔看了一眼，原來又是阿乖。阿乖剪花紙的手腳依然麻利，花紙裁得又快又直。

「潤叔恭喜發財！」

潤叔點點頭。阿乖忽然指著潤叔手上的透明膠袋：「糖！潤叔請吃糖！」

潤叔低頭一看，只見從殯儀館裡收拾過來的物事中果然有一包瑞士糖。那是人家包吉儀用剩留下的。過年前帶走，免得惹蟲蟻。

「潤叔請吃糖！」阿乖也不等潤叔回答，便搶過膠袋，抓了一把糖果，塞進衣袋裡，又掏出一顆，馬上拆開來吃，笑了。唾液從她的口角微微滲出來，她一吸，便吸回嘴裡。

「阿乖真乖呀。」潤叔笑道。於是阿乖便繼續剪花紙去了。街上的行人比平時多；潤叔不趕時間，便緩緩走在屋邨外圍的走廊上。這個除夕比去年冷。一個老婦一手挽著超市背心袋，另一手拖著一個三四歲的、穿棉襖的小孩；小孩腳步很快，老婦幾乎被他拖著走。後面是一個年輕人，手裡捧著一盆桔，纍纍的果實隨著腳步在茂密的綠葉間輕輕搖晃；旁邊是一個年輕的少女，兩個人一邊走一邊說笑。忽然，少女回頭，接過後面婦人手裡的大包小包，婦人甩一甩手腕，告訴他們今晚的晚飯有魚、有菜、有肉。潤叔在他們之間穿過，沒有一點聲音；太陽照在頭頂，他舉起空著的那隻手，擋一擋陽光。

電梯大堂早掛上一串串裝飾用的爆竹，門口也貼了春聯；管理處門口的保安員彷彿比平時笑容可掬。潤叔按了電梯，抬頭看著：八、七、六、五……背後忽然有人「嗨」了一聲。潤叔回頭一看，是妻。

「往哪裡去了？」潤叔問。妻提起手，給他看看餸菜和水果。

「又不過年，買這些來幹甚麼？」

「不過年也得吃飯呀。」妻也抬起頭看跳字板，「貓那幾母子也得吃呀。還有過兩天你的同事來打麻雀，也得招呼人家吧。」

「他們說不吃飯，叫你別費事呢。」潤叔皺起眉頭，覺得妻子太多慮了。

「不吃飯也得喝碗湯，冷風朔氣的，難道叫人家喝冷水？」電梯來了，妻也不理潤叔，逕自走進電梯裡去。潤叔跟進去了。

「等等！」

潤叔連忙把電梯按開，剛才那對婆孫就進來了。

「謝謝。」老婆婆朝潤叔一笑。電梯的鋼板依舊把人照成模糊一片，按鈕牌上卻多了「出入平安」的揮春。

電梯門打開，潤叔和妻出去。後面傳來一把童稚的聲音：

「新年快樂！」

潤叔回頭，趁電梯門還餘下一道隙縫，趕緊向孩子回一句：

「新年快樂！」

*本篇小說是2011年聯合文學小說新人獎得獎作品。

福福的故事

雖說這天的氣溫沒預想中高，但站在烈日底下個多小時，陳絹還是不住地擦汗。她不敢喝太多水，因為廁所在老遠；況且，她必須在這裡等候那些來參加遊行的人；他們靠的是陳絹手上那塊直幡，要不然，偌大一個球場，擠滿各式各樣的團體，實在不知該怎樣集合了。陳絹又拿手背往額角一抹；眼底下是一片旗海，紅、黃、藍、綠，各種顏色形狀都有，把維園的半空擠成一片混沌。於是陳絹只好把手上的幡再舉高點──她的手已瘓了，而且庇護中心的這塊實在太細小、太寒酸了。但即使做一個大的又如何呢？她一個人又拿不了。

終於，兩個熟悉的身影在人海中出現。陳絹向她們連連招手：「這裡啊！」艾達和科娜好一會才聽到喊聲，快步走來。陳絹笑著把直幡交給她們：「我去外面看看，可能有人找不到我們。」剛說著，手機就響了，又是清姐，已經是第三次打來了。

「你們到底在哪裡啊？」

「不是說了嗎？在足球場旁邊的角落呀！」

「足球場這麼大，我看不見你們呀！」

陳絹環視四周，「你看見那塊寫上禁毒標語的大橫額嗎？掛在球場旁邊鐵絲網上，綠色的。」

「在哪裡呀？看不見。」

「都說是足球場旁邊的鐵絲網。」〈國際歌〉忽然從大會喇叭中轟炸過來，陳絹只好對著電話大吼。電話那邊響起「嘟嘟」聲，另一條線要插進來。

「你找找看，禁毒的橫額，綠色的。」陳絹把線路駁到另一邊，果然是記者。

「你們現在在哪裡？我可以來採訪嗎？」

「當然可以，」陳絹用耳朵和肩膊夾著手機，扭開水瓶喝口水，「我們在足球場旁邊，我站在一張禁毒橫額前，綠色的。」

「你們這次有多少人參加遊行？」年輕的女記者個子很小，一邊問，一邊探頭往陳絹身後望。陳絹也回過頭去，見除了艾達和科娜以外，只另外來了一男一女。

「其實每年人數也說不準，」陳絹提醒自己保持微笑，然後從手提袋裡掏出新聞稿交給記者，「受虐婦女一向比較怕事。不過我們還有些義工，會陸續到來──對了，你也可以訪問我們的同工。她們知道很多故事。」

陳絹過去接過直幡，讓艾達和科娜跟記者聊天。電話又響起來了。

「陳絹，」丈夫的口吻老像中學同學，「我現在從地鐵站走來，要不要替你帶點甚麼？」

「不用了，」陳絹把垂到肘彎的手提布袋抽上來，「你過來吧。」

「外面人龍很長，進來至少十五分鐘。你要喝水嗎？肚子餓不餓？」

「真的不用了。」陳絹急著掛線，「我正忙著呢，不談了。」

才掛了線，電話又響了，「我看見你啦！」

陳絹往前望，果然見到清姐一拐一拐到來；阿彌陀佛，不用再接她電話了，陳絹鬆一口氣。

「終於找到了啊，」陳絹為自己剛才的語氣解釋，「實在太多電話，我應付不了。」

「其他人呢？」清姐也問了同一個問題，「怎麼就這幾個人？」

這次陳絹無言以對了。

「反對家庭暴力！正視婦女被虐！」

遊行隊伍終於出發了；陳絹領在隊頭，一邊跟著前面的人走，一邊托起大聲公喊口號，後面的人也就跟著叫起來。來到維園出口，一下子容不下這麼多人，大家自動排成直線慢慢前行——都是遊行的常客了，守秩序，講常識，過瓶頸位時得專注迅速。陳絹放下擴音器，趁這空檔又撥了電話。

「你到底在哪裡？」

「在你們後面吧……我猜……」

陳絹強搬脖子往後望；她們一隊才五十多人，陳絹不見丈夫。

「我看不見你啊，」陳絹往前挪了挪，「你現在的位置是甚麼？」

「這個……」

「你看見甚麼？」陳絹看著前面，「你看到外牆罩住綠色紗網的那幢大廈嗎？」

「在哪裡？」

「前面罩著綠色紗網的那幢，」陳絹又往前挪，「我們就在對面。對了，皇室堡對面。」

「皇室堡？」

「皇室堡你不知道？」陳絹提高聲音，「你在香港出世不是嗎？」

電話那邊忽然斷了線；陳絹再撥，卻怎樣也撥不通了。前面不知是誰在吹號；隊伍終於穿過維園出口。陳絹只好放棄，重又托起擴音器：

「反對家庭暴力！」

「反對家庭暴力！」

「關注婦女權益！」

「關注婦女權益！」

「抗議政府漠視！」

「抗議政府漠視！」

陳絹沒命地喊，然而卻聽不到自己的聲音；她聽到的是一陣「隆隆」的鼓聲，一陣讓人背脊骨樑發涼的震動。回頭望去，只見一式一樣的面具，整齊地成「一」字排開，把整條馬路封起，像一壁緩緩向前迫近的牆垣；鼓聲是石牆移動時磨擦的聲音。陳絹轉過臉去，前方是一陣旗幟的海浪，紅黑色的，迎面撲來。她覺得自己像被夾在中間的一株雜草，只要四周的聲浪再大些，就要斷了。

口袋裡的震動把陳絹拉回現實。這次卻是母親打來的。

「你今晚回來吃飯嗎？」

「甚麼？」

「我說呀，你今晚回不回家吃飯？」

「隨便啦，好的。」陳絹知道，如果不這樣回答，是妄想掛線的了。有人在她背後拍了一下。陳絹按著電話回頭望，是丈夫。他一言不發，接過陳絹的手提袋，掛在自己的肩上。

「我正忙著，不談了。」

陳絹著義工把橫額抬高些，深呼吸一下，喊：

「反對家庭暴力！」

「反對家庭暴力！」

「關注婦女權益！」

「關注婦女權益！」

熱空氣載著她們的聲音，在高樓大廈之間迴旋著，往上升，往上升；夠不著太陽，也夠不著白雲，便在半空散開了。一隻麻雀站在大廈外牆邊緣向下望，牠看見平時熟悉的街道鋪滿了往前蠕動的螞蟻，無聲的、看不見臉孔的，往同一方向整齊地遷移。然而麻雀並不感到奇怪，也不驚惶；在天空中生活，牠已看慣了地面上一切異樣新奇的事物，這每年一次的情景，實在沒甚麼值得大驚小怪的。麻雀雙腳一撐，好像要往下掉，卻忽然一抬頭張開了翅膀，「呼」的一聲劃過天空。牠滑翔到另一座大廈的天台；風穿過牠的羽毛，習習地吹到城市的另一邊去了。今天的天空像過往的天空一樣，寧靜一如深海。

走在黃昏的屋邨走廊上，經過電視聲、炒菜聲、煎魚的腥氣和一塊塊熟悉的鐵閘掛布，陳絹終於站在母親家門的鐵閘外面，看著屋內的母親不住在廚房與客廳之間進進出出。晚上八時，母親忙碌一如受驚的母雞，手裡拿著各種蔬菜、肉食、碗筷，穿梭於飯桌、冰箱與灶頭之間。她甚至沒發現女兒已站在門外好幾分鐘。如果我是個入屋行劫的賊匪，她手上的武器，就是紅蘿蔔、一袋滲血的生豬肉，和幾條菜心了吧？陳絹搖搖頭，自行掏出鎖匙開門。母親這才抬頭看她一眼：「回來了？」沒等回答，便又拿著滿手的物事回到廚房去。陳絹含糊地「嗯」了一聲，算是招呼；丈夫把擴音器、紙板等放在門口的角落，親切地喊了一聲「媽」。母親每次看見女婿都顯得很開心，笑著說：「快開飯了。你們先看一會電視。」

陳絹瞄了一眼；丈夫把紙板都翻到背面，看不到上面的口號。她擠進廚房，只見母親正在剁豬肉，豬肉在密集狠準的刀法下，已剁成稀巴爛了。陳絹別過臉去，倒了兩杯水；走出客廳，丈夫已經打開電視了，恰好是六點半新聞報道。陳絹把水杯遞給丈夫，眼睛卻盯著螢幕。第一宗就是遊行消息。鏡頭掠過一個又一個的團體、隊伍，一張又一張的臉孔。主辦單位說，參加人數約有七萬人，訴求是爭取民主政制、改善民生、控制樓價等。也有人爭取小班教學、全民退休保障、保育古蹟。一如所料沒有她們的份兒。丈夫說：「回家後我把照片放上網。」陳絹沒有搭腔。

「開飯了。」母親興致勃勃地捧著餸菜，從廚房走出來，「快過來。」

夏日的晚上，滿身臭汗坐在溫度三十度的空氣裡，這餐晚飯像一道被迫著欣賞的美好風景；只有母親對自己煮的菜從沒懷疑，總是大把大把地下箸。一碟鹹魚蒸肉餅很快便吃個精光；幾顆白色的肥肉在又油又稠的汁液中浮動。母親還把餸汁澆在白飯上：「今天下午我打了好幾次電話給你，都打不通。」

「是嗎？我的電話一直開著。」陳絹拿起電話一看，沒有母親家裡的來電顯示。「你甚麼時候打來的？」

「兩三點左右啦。」母親把肥肉送進口中。

「可能是同一時間太多人打電話，」丈夫夾了一條菜心，卻沒有吃，「我跟你講電話時，也是忽然斷了線。」

「哦？我以為是你掛斷電話。」陳絹低頭扒飯。

「我沒有，」丈夫拿筷子把白飯扒鬆，「是突然斷線。那段時間線路太繁忙了吧。」

「幹嗎，飯菜不對胃口嗎？」母親忽然拿筷子敲敲丈夫的碗，「吃這麼少？」

陳絹瞄了一眼，果然只吃了一點。

「不，」丈夫笑道，「天氣熱，胃口差些。」

母親站起來關門窗，開空調，背著他們說：「你們剛才又去甚麼遊行了？」陳絹和丈夫都沒作聲。母親又說：「我說呀，有甚麼用？有工開，有飯吃，這就是了。」空調開了，登時傳來低沉的「隆隆」聲，像母親的嘮叨：「你呀，別再讓她去了。你自己也不要去。我另外煮個麵給你吃可好？」

「媽，你不用費事。」陳絹皺眉。

「真的，不用費事，」丈夫笑道，「我慢慢吃就好。」

「不費事呀，很快便煮好。」母親放下筷子，用身上的圍裙擦擦嘴巴，便站起來，重新到廚房裡操作起來。她將會煮一個麵，送到女婿的面前。母親總是以自己的判斷來決定對方的需要，然後馬上付諸行動。她忠於母親的職份，樂於應酬家裡的各項瑣碎事務，包括一頓飯要煮兩遍。然而陳絹從不認為母親是個溫柔的人。丈夫乖乖把麵吃完，一直保持微笑。

這個晚上，陳絹又做夢了。醒來的時候，天將亮未亮，天空呈現半透明的寶藍色，一時間讓人分不清到底那是夜深剛臨還是黎明將至；只是，啁啁鳥聲，告訴世人新的一天快要開始，過去的永遠不會再回來。她轉過臉，望一眼身旁的丈夫。他的鼻鼾聲響如摩打。陳絹輕輕地拍拍他的肩膀。

「唔？」丈夫模糊地應了一聲。

「你的鼻鼾。」陳絹小聲說。

丈夫把身體轉側。陳絹又拍拍他的肩膀。

「唔？」

「沒甚麼。」

丈夫幾乎馬上又墮入夢鄉；一直以來，沒甚麼事能讓丈夫失眠。陳絹卻向來是多夢的。儘管她總是忘記自己夢見甚麼。她決定在天亮之前閉上了眼睛。

「今晚回來吃飯嗎？」吃過早餐後，丈夫問。

「我今晚要開會，你先吃吧。」陳絹放下報紙，用長長的呵欠迎接新的一天。客廳響起《香港早晨》的音樂。

「你今天幹甚麼？」陳絹忽然想起。

「沒甚麼。」丈夫把陳絹看完的報紙摺好，「下午約了舊同事吃茶。」

「哦。」陳絹站起來，丈夫替她開門。對面的鐵閘也打開，裡頭走出一個中學生，幾乎跟陳絹撞個正著。陳絹說了聲「對不起」，中學生只看她一眼，轉身而去。不遠處傳來電梯到達的聲音，待陳絹走到那裡時，正好看見電梯門關上，裡頭擠滿了人。中學生的臉在門隙中消失。陳絹無聲地嘆了口氣，按下電掣，從背包裡拿出記事簿，重複查看這一日的日程：先到社會福利署開會，下午見兩個轉介個案，黃昏才是中心例會。陳絹再按電掣，電梯卻停在地下，沒上來。走廊又傳來鐵閘開關的聲音；那「躂躂」的拖鞋聲十分熟悉。果然是丈夫。

「不是說下午才上街嗎？」陳絹問。

「家裡的洗衣粉用完了。」丈夫手裡拿著購物袋，看上去氣定神閒，似乎沒甚麼事情能令他煩惱。

「剛走了一部電梯。」陳絹答，然後發覺自己答非所問。電梯終於來了。陳絹和丈夫好不容易才擠進去。人群把他們擠開；在四面牆與白色燈光下，丈夫專心地看著顯示樓層的數字燈逐個往下跳動。陳絹看著他的臉。離開了大學講師的崗位後，丈夫胖了很多，臉也變得又大又圓。他本來身量就不算高，現在看起來更像個胖小子了。

到了地下，丈夫步出電梯，在外面等她。

「媽好像有點不舒服。」丈夫忽然說。

「媽？誰的媽？」陳絹每次都問，「你媽還是我媽？」

「你媽。」丈夫說，「昨天她跟我說，手有時痛得抬不起來。」

「哦？」陳絹嚇了一跳，「她幾時跟你說的？」

「你看新聞的時候。她在廚房跟我說的。」

「哦……手痛嗎？」

「是手肘，可能是網球肘吧。」丈夫把錢包放進購物袋中。

「老叫她不要在超市大包小包的買，她又不聽。」

「我昨天給她擦了些藥酒。」

「謝謝。」陳絹想不出別的話。

「今晚留飯給你。」丈夫說著，往超級市場方向走。陳絹也只來得及說句：「謝謝」。

公眾假期過後，電郵戶口裡的郵件積了好幾版。陳絹先打開希斯從台灣寄來的那個：「附件是台灣研討會簡報，請代為打印，並於下午四時半的會議中派發。我將於下午三時抵港。」用得著這麼趕嗎？陳絹嘆了口氣；然而他上機前已說過，一返港便開會，大概是因為上司都喜歡開會。陳絹把浮標移到「回覆」的按鈕，忽然看到電郵還有一行：「已購得你所要的書籍雜誌，與『微熱山丘』鳳梨酥。」陳絹不覺一笑，不察覺辦公桌前已站了兩個人，直至有人喊了一聲「陳小姐」。陳絹抬頭，見清姐跟一個女人站著。

「哦，甚麼事？」

「她叫謝麗娟，」清姐道，「剛由社署轉介過來的。」

「啊，」陳絹把視線轉到女人的身上，瘦小的，年輕的，「請坐。」

女人看了清姐一眼，清姐示意她坐，她便坐下來了。清姐把手上的文件夾交給陳絹後，轉身走開，女人還眼瞪瞪看著清姐的背影離去，好像清姐是她唯一的依靠。

「謝女士？」陳絹對她微微一笑。女人身上披著庇護中心的毛毯。陳絹又喊了一聲，這次女人終於把臉轉過來，瑟縮著，點點了頭。

陳絹打開手上的文件夾，讀了她的情況——老夫少妻，被虐打，身無長物。都是差不多的情況，只有一點：曾經在政府精神科診所求診。

「我……甚麼都不知道的。」謝麗娟把自己藏在毛毯裡，「不要問我。」

看來她還是慌得要命。「這裡已經寫得很清楚，你的情況我們明白了。」陳絹保持微笑，「你有甚麼帶來的沒有？」

辦公桌下傳來膠拖鞋在地面拖動的聲音。

「沒關係，中心有應急物資，你跟我來。」陳絹站起來。謝麗娟猶豫了一會，也就跟著站起來。陳絹低頭一看，是一雙人字拖鞋。她們到儲物房，陳絹給謝麗娟替換的內衣褲、襪子、牙刷毛巾等；然後又帶她到空置的床位安頓。

「你休息一會，待會清姐給你講解宿舍的規矩。你有手提電話嗎？」

謝麗娟搖搖頭。

陳絹點點頭，「你可以用大堂門口旁邊的電話，但絕不能公開這裡的地點，地區也不能，明白嗎？」

「其實……我為甚麼來這裡？這裡是甚麼地方？」謝麗娟站在床前，口裡說話，眼睛卻四處看。

「這裡是婦女庇護中心。」陳絹在床沿坐下，「住在這裡的婦女，都是家庭暴力的受害者。」她一面說，一面看對面床上的婦人；莫杏秀背著她們，睡得死死的，根本不知道有人進來。她一天到晚只管睡覺，也不大跟別人說話。「即是說，住這裡的，都是被丈夫打的，或是不給飯吃，之類。」

「哦……」謝麗娟彷彿牽起一邊嘴角，一雙眼睛眨動。陳絹一怔，然後斷定自己眼花。「你暫時在這裡住幾天，再作打算。身上有受傷的地方沒有？」

謝麗娟捲起衣袖，上臂一片瘀青。陳絹沉默，不讓自己有任何表情。

「喂，莫杏秀，」陳絹過去，輕拍莫杏秀的肩膀，「你的藥膏，借來用一下，可以嗎？」

「甚麼？」莫杏秀含糊地應了一聲。

「我說，你的藥膏，借給你的室友用一用。」

「隨便啦。」莫杏秀也不轉過身來，繼續呼呼大睡。陳絹自行打開她床頭櫃的抽屜，拿出一枝藥膏，替謝麗娟塗上。

「陳姑娘，」清姐站在門口，「科娜問你要一份文件。」

「知道了。」陳絹站起來，看著謝麗娟，「如果還痛，告訴我們，會有人帶你看醫生。」

會議室裡的燈光隨著眾人的惺忪睡眼變成慘白色了；天花板與牆壁把白光反射，更是刺人眼目，讓人張不開眼睛。迷糊中，陳絹彷彿看見一隻蒼蠅飛過，瞪大眼睛一看，卻沒有；牆上的時鐘顯示時間是晚上七時半。陳絹不禁打了個呵欠。

「抱歉啊。」希斯呵呵笑起來，「這次研討會實在精彩，忍不住要跟大家交流。」

交流？陳絹心想，好像是你一個人在講啊。

「其實，台灣的情況跟香港不是完全一樣，」科娜說，「台灣的政策不一定適合香港。他們是民主政府，市民施壓，政府不能不聽。」

「正因如此，我們才要繼續爭取，」希斯看著陳絹，「是嗎？」

「哦，哦……是的。」陳絹已累得發愣，幾乎來不及回應。

「好啦好啦，」希斯笑道，「散會吧，下次再談。」

回家的路上，希斯滔滔不絕：「台灣學者對家暴政策的看法，比起香港進步多了。他們一早把同性同居納入保護條例。不過在大陸配偶方面的漏洞倒跟香港差不多。看來歧視這回事無處不在。」

陳絹勉強一笑，算是同意他的話。頭痛像電鑽一樣鑽進她的太陽穴。

「科娜的話有理，不過民主政制是否能改善家暴受害者的處境，也很難說。美國的家暴也很嚴重……」

陳絹看著車窗外；公共屋邨內的街燈每隔幾米發出白色的光芒，把入夜後的街道照成一個個的直排光圈。汽車走在這些文明的光圈中；一座座大廈像希臘神話中的石像，彷彿隨時會舉步前行。轉角處，保安坐在更亭中，不是監視也不是觀察，只是漫無目的地看著外面路過的人。車轉彎減速；一個瘦小的婦人挽著兩個背心袋走過。黑暗中也看得出袋裡是沉重的事物，婦人的肩膀都被扯得往下墜了。

陳絹忽然發覺車已駛過路口，「我到了，謝謝你老是送我回家。」

「順路而已。」希斯把車泊在路邊，「手信在後座，別忘了。」說著轉身去拿。一陣熟悉的氣味隨希斯的動作飄過，大概是鳳梨酥的氣味。

「謝謝。」陳絹雙手接過。

「別客氣，」希斯笑著，「你上次提過畢恆達那兩本書，記得帶給我。」

「噢，幾乎忘了。」陳絹笑道，「要不，你跟我上來拿書。」

「不了，」希斯望向大廈，「不當你們的電燈泡。明天見。」

「那麼，明天見。」陳絹下車。明天她放假。

汽車絕塵而去。陳絹不住揉搓太陽穴，頭痛卻沒有舒緩的跡象；站在家門口，無論如何沒法從雜物泛濫的手提袋中找到門匙，後來還是丈夫聽到門口的聲音，給她開門。

「謝謝。」陳絹仍在低頭尋找，「鑰匙不知塞到哪裡了。」

「先進來吧。」丈夫接過手提包，「飯菜在廚房。」

陳絹走進廚房，把鳳梨酥放進冰箱。微波爐裡有一碟菜。陳絹也沒打開來看，便校了時間掣，站在那裡，看碟子在爐內轉動；一圈，又一圈，直至三分鐘結束。把菜端到外面，飯桌已收拾好了。

「好吃嗎？」丈夫坐在沙發上，問。

「不錯。」陳絹答。這才發現自己在吃的是番茄炒蛋。

「有打電話給媽嗎？」丈夫眼睛盯著電視。

「噢，忘了。」陳絹把吃剩的飯菜放進膠飯盒中，當作翌日的午飯。

「我來洗碗，」丈夫站起來收拾碗筷，「媽還沒睡，電視劇還沒播完。」

陳絹好像再沒別的藉口──丈夫總有他的一套。她又打開手提包。

「我的手提電話呢？」

「不是在茶几上嗎？」流水聲中傳來丈夫的答案。他總是甚麼都知道。

中午休息時間，陳絹給自己倒了一杯茶，到中心外面的小花園，坐在長椅上喝。這日陽光雖猛，幸好有風；幾件晾衣繩上的衣裳隨風飄揚。陳絹認得其中一件是何萍的。她在中心已住了半年，是長期住客了。風把衣裳再吹高，陳絹看見一雙瘦小的小腿；往上看，是謝麗娟站在鐵絲網前，不知往外看甚麼。外面是一個長滿雜草的斜坡；中心依山而建，附近沒有其他建築，只有一條小路通向大馬路的小巴站。

「嗨。」陳絹過去，打個招呼，「吃過飯了嗎？」

謝麗娟似乎嚇了一跳；她好像總是隨時被嚇倒，「啊，吃了。」

「手臂還痛嗎？」

「嗯……還好。」謝麗娟的笑容顯得有點勉強，「不痛了。」

「外面有甚麼？」陳絹搭訕著，也往鐵絲網外望。草叢中忽然響起「沙沙」聲，一隻不知名的動物「呼」一聲飆上樹梢。

「啊！」陳絹往後退一步，定睛一看，是一隻小野貓。謝麗娟「噗」一聲笑出來。陳絹看著她，也笑了。

「你以前住在哪裡？」陳絹趁機問。

「深水埗。」

「噢，」陳絹微微一笑，「結婚之前呢？」

「也是深水埗。」

「噢。」陳絹一時無語。

「我走的那個晚上，對面的唐樓已經變成新簇簇的大廈了。」謝麗娟聳聳肩，「唐樓還沒拆時，常常有個人在家裡打老婆。就在我家對面，窗子對窗子。」謝麗娟笑著，露出黃黃的牙齒。

陳絹只好繼續搭訕：「香港地總是擠迫，門對門，窗對窗。」

「那個女人很可怕，」謝麗娟雙眼忽然閃起恐懼而興奮的光芒，「常常坐在街口哭，哭啊哭，人人都跑出來罵她，於是她哭得更狠了。」

陳絹不作聲，定睛看著謝麗娟。

「她的孩子死了啊，」謝麗娟側起頭，「對了對了，她的孩子死了。」

「她的孩子為甚麼死了呢？」陳絹試著問。

「她自己不好，」謝麗娟「哼」了一下，「沒小心看著孩子，孩子就死了。」

「你的家人呢？」陳絹趁機轉個話題。

「我媽還在那裡，指望我給點家用。」謝麗娟用力地拍打番薯葉上的泥，葉子被她打得垂頭喪氣，「我沒告訴她我來了這裡。我搞不清楚這裡是甚麼地方。」

「你要打電話給她嗎？我帶你去。」陳絹站起來。

「不不不，」謝麗娟連連擺手，「我……我不知道跟媽說甚麼。是我自己不好，才來到這兒。」

陳絹復又坐在她的旁邊；抬頭望，貓在樹梢後探出頭來，窺看她們的動靜。

好一會，謝麗娟終於回復平靜。

「你跟你媽感情很好？」陳絹問。

「唔……不知道……」謝麗娟翻看番薯葉尖，這次手勢輕柔多了，「反正就是兩母女。」

陳絹苦笑起來。

「你呢？」謝麗娟忽然問。

「甚麼？」

「你跟你媽感情很好？」

「這……」陳絹一時不知如何回答。眼前的樹林忽然變成舊屋的天台，福福在起勁地搖尾巴。陳絹摸摸牠的頭，讓晚風靜靜地經過身邊。對面的大廈萬家燈火；每一戶人都在看同一個電視劇。陳絹總是無緣無故記得這些。

「我打電話給她比較方便吧。」陳絹微微一笑，「甚麼時候你想打電話，告訴我就成了。」

謝麗娟點點頭。

「你再摘些，我交給清姐，今晚大家一起吃。」

謝麗娟聞言，咧嘴笑了，又往前摘了些。來到中心以後，陳絹好像沒見過她笑。從背後看，她瘦得像個小女孩。陽光下，陳絹隱約看到汗衫下的背脊，有煙蒂灼過的傷痕。

陳絹站在佛堂前，看著母親把香燭點上，插在父親遺像前面；丈夫在旁邊，看著衣紙在鐵桶裡緩緩燃燒。她頓覺自己無事可做，唯有把手插進衣袋裡。

「要不要買點花？」陳絹問。

「哈，」母親一邊對著遺像合什，一邊說，「你爸從不插花。」

「你從來不買，」陳絹說，「怎知道他不喜歡？」

丈夫走過來，接過母親手上的物事：「我也給爸爸上香。」

陳絹抬頭，看著父親的遺像，光頭的，那是他後來的模樣。

「你來，」丈夫把香遞到陳絹手上，「我去買花，剛才樓梯口有一檔。」

陳絹不發一言，把香插在遺像前的香爐中。

「保祐女兒女婿平平安安哦。」母親對著遺像喃喃自語。陳絹把丈夫買來的花放進石桌上的花瓶裡，往裡頭注了些水。

「行啦。」母親看著香燭燒完，「花放在這裡吧，燒肉拿走。」

陳絹回頭看一眼花束。四周並沒有其他人，花將會無聲無息地凋謝。

那晚的菜就是燒肉和白切雞。然而陳絹記得父親並不特別喜歡吃這些。他喜歡吃魚、甜食，和一切容易嚼爛的東西——後來，他的牙齒壞掉了，嚼不動就發脾氣。這時候母親就會給他煮一碗麵。陳絹只吃了半碗飯就不吃了；她也不喜歡吃燒肉和雞。

「怎麼啦？沒胃口？」母親注意到了。她一向在意別人的胃口，「煮個麵你吃？」

「不不不，」陳絹連忙擺手，「不想吃麵。」

「那你想吃甚麼？喝碗湯好嗎？」肥油從母親的嘴角滲出來。她向來喜歡吃肥肉。

「好的好的。」陳絹連忙站起來，往廚房喝湯去。對母親她永遠採取投降政策，否則沒完沒了。飯後，丈夫陪母親在外面看電視；陳絹在以前屬於自己的房間中收拾，順道把有用的舊書帶走。

她把書從書架上拿下來，塵埃撲面而至，惹得咳嗽連連。詩詞選、散文結集、小說……這些書對陳絹來說已經無用；她將之放進環保袋中，待會拿去回收箱。忽然，《中國文學史》背後露出一塊紅色；陳絹把書拿開，是一塊紅色的領巾，三角形的，上面有黑色圓點圖案，幾條狗毛附在上面。陳絹站在那裡，把領巾湊近鼻子一嗅，然而已經沒有狗的氣味了。她把領巾摺好，放在自己的口袋裡。

母親堅持送他們到樓下的小巴站。一邊等，母親一邊又問：「你真的不肚餓嗎？」

「沒關係，媽，」丈夫搶先說，「我們家裡還有急凍餃子甚麼的，她肚餓了我會煮給她吃。」

「現在真不同了啊，」母親笑著說，「老公會煮飯給老婆吃。我們那一代真是天方夜譚哦。」

「老公打老婆還是很多，」陳絹只看著小巴來的方向，「我天天都見。」

「那時候啊，你外婆告訴我，我們最小的阿姨，天天被老公打，打得口腫臉青的。」母親的口吻平淡如水。

「農村也有公安、治安隊吧，就由得他們？」

一

「都說是家事，算不得犯法。」

「你們也不追究？」陳絹又問。

「嫁出去的女兒能怎樣。」母親的口吻像在怪責陳絹見識太少，「她也試過走回來呀，但娘家沒多餘的飯給她吃，只好回去。」

「社會沒進步過。」陳絹嘆了口氣。

「你爸雖然脾氣不好，倒是沒打過人。」母親笑起來。對她來說，這就夠了。陳絹別過臉去，看見對面馬路一條黃狗走過。

「咦。」陳絹不自覺低呼。

「山坡上要鋪混凝土，」母親也沒回頭，卻彷彿明白這一聲「咦」的意思，「要除掉山上的雜草。附近的人投訴夏天多蚊。」

陳絹抬頭一望，果然見到山坡上的草叢已被混凝土封上。一輛汽車在山坡高處的天橋上「啾——」一聲掠過。黃狗在下面走，一排乳房隨腳步左右搖晃。

到了自己的家門前，陳絹忽然想起：「現在甚麼時候，樓下街市的花檔收了沒有？」

「當然收了。」丈夫從長長的環保袋中掏出兩枝黃菊，「剛才我留了兩枝。」

陳絹接過，「謝謝。」

「我煮宵夜你吃。」丈夫踏入屋裡就進廚房。陳絹把花瓶裡衰殘的花朵丟掉，換過水，把菊花插進去，也把從舊屋帶來的領巾放在客廳角落的一個相架前。照片中，十歲的陳絹摟著福福，福福兩邊嘴角往上牽，像笑——陳絹一直認為那就是狗的笑容。只是上來作客的朋友都不同意：「狗哪裡會笑呀？」

「為甚麼不是？」陳絹反駁。

「照片中還有你，你不忌諱嗎？」他們又說。陳絹選擇不再分辯。

丈夫把冒著熱氣的餃子放在飯桌上，逕自洗澡去了。

這晚，躺在床上，陳絹說：「我媽說得對，我爸倒是從來不打人，也沒打過我。」

「唔？」丈夫答。

「後來家裡窮了，他也沒打人，只是臉色難看些。」

「可惜我沒見過他。」丈夫轉過身來，「你說過，福福是他帶回來的。」

「對，」陳絹記得，「他跟我媽說，街市有人在賣唐狗仔作狗肉，他就花了十塊錢把福福買回來。」

這晚，陳絹在夢中回到七、八歲的時候；她坐在沙發上，一雙小腳在搓揉躺在地下的某種生物，暖的、柔軟的、真實的。陳絹一直微笑，直至醒來，發現自己躺在溫暖的床上。丈夫依舊在旁邊「呼嚕呼嚕」地打鼻鼾。陳絹翻一翻身，小黃狗忽然走過她的腦海，然後消失。

丈夫的鼻鼾令陳絹覺得全世界只有她一個人在這種時分醒來；她不知道，這時候，庇護中心外的小草地也有人坐著。是謝麗娟，她坐在微濕的草地上，也不怕冷；今晚的月光明亮，照在無人的草地上，像極了那個迷路的晚上。那晚，她走在深夜的陋巷中；後面總有些東西在晃動，年少的謝麗娟告訴自己那不過是老鼠。頭頂是幾步一個的光管，卻總照不遠，看不見前面。四周明明只有自己的腳步聲，謝麗娟卻無法抑止要往後看的衝動。她怕後面有人。她怕往後看了真的證實後面有人。她加快腳步，巷子卻彷彿永無盡頭。

突然一陣毛茸茸掃過她的腳踝。謝麗娟的毛髮全部豎起。她僵硬著身體低下頭看。

是狗！她餵過的流浪狗。她跟在牠後面，沒多久就走出巷子了。謝麗娟過了馬路，站在明亮的便利店門前，看見狗蹲在巷口，目送自己離開，然後轉身回到黑暗中。

到現在，一切都依稀了，但那一刻的景象，不知何故卻仍然清晰：駛過的汽車的紅色黃色車頭燈；交通燈「嗒嗒嗒」的提示聲；油漆斑駁的斑馬線；狗在巷口的身影。回想起來，牠應該是一條混了狼狗血統的狗，大大的尖尖的耳朵豎起來。那晚的月亮也大大的懸掛在天空。

中心所有人都睡著了；只有貓頭鷹在鐵絲網外的叢林中叫，好像在提出一個莫名其妙的問題。沒有人知道叢林裡住了貓頭鷹；牠日間不出來。

「各位，」會議中的希斯總是精神抖擻，「請報告一下各宿友的情況。」

「麥芬女決定跟丈夫離婚，並且爭取兒子的撫養權。」艾達報道。

「麥芬女……抑鬱症好些沒有？」

「還在吃藥，」艾達嘆了口氣，「唯有盡力打這場官司。不過她丈夫已經六十多，又是個無業的，麥芬女也不是沒有機會的。

法庭已受理案件，排期是下個月十號。法律援助署也接受了她的申請。」

「那麼，她要繼續住在中心了。」希斯嘆了口氣。

「那也是沒辦法的事，」陳絹說，「坦白說，婦女也不想留在這裡。」

「我不是這個意思，」希斯急忙道，「我是指，如果宿位可以騰空出來，便可以幫助其他有需要的婦女。」

陳絹不語。希斯連忙轉話題：「其他人呢？」

「嗯……是的。」科娜先開腔，「有一位新來的宿友，叫謝麗娟。她才來了幾天，還沒決定去向，我們會等她適應了生活，再跟她談。至於莫杏秀，她進進出出已幾次，我建議替她和她的丈夫安排輔導，如果其中一人不願意，那我會向她建議離婚。」

「到時又得展開子女爭奪戰。」艾達說。

「莫杏秀的情況比麥芬女更複雜，因為她的丈夫有經濟能力。」

「她的丈夫有精神虐待傾向呀，要不然就不會禁止莫杏秀外出交朋友。」

「這得看法官怎樣判斷了。」科娜向希斯說，「當然希望婚姻輔導能幫助他們，但也不能抱太大期望。」

「那也只能見一步走一步了。」

「李金妹這兩天生病了，發燒，已經帶她看了醫生。」陳絹報告，「何萍不願跟她同房，怕傳染，我做好做歹勸住了，中心沒多餘宿位了。」

「何萍擔心也不是沒道理。」科娜插嘴。

「我知道，可是沒法。」陳絹嘆了口氣，「我私下給她買了一瓶維他命C，著她天天吃。」

「也許先添置幾張上下架床湊合著，至少那些帶著子女來的婦女可以住。」

「這也是辦法。我還想到一點，」陳絹抿一抿嘴，「外面的草地反正空著，我在想，是不是可以用來種菜。」

「種菜？」

「是的，我覺得我們應面對現實，」陳絹一口氣說，「中心外出買新鮮食物不方便，住在這裡的婦女常常吃罐頭，長住的話很難捱。有一次，她們在外面草地找到番薯葉，已樂了半天了，說是幾個月沒吃過新鮮菜。我問過，王菊美年輕時種過菜，其他人也願意試試。在外面劃一部分草地出來，種些容易打理的，至少可以讓她們間中有一頓新鮮菜吃。飲食均衡些，應該病痛少些。」

大家面面相覷。

「聽上去很有趣。」科娜打圓場。

「坦白說，我也不知道效果如何。」陳絹說，「但就是失敗也沒甚麼損失。」

「陳絹說得對，」希斯點點頭，「頂多花些錢買工具種子。就交給宿友打理吧，她們有了精神寄託，情緒也平衡些。」

「那我再跟她們談談。」陳絹笑了。希斯看著她，也笑了。

翌日下午，幾個婦人已經在動手翻土了。陳絹走到外面，只見她們在草地上忙著；一個小女孩倚在晾衣架上，手裡拿著一枝芒草，看著她的母親。陳絹認得她是何萍的女兒，大家喚她小蓮。

「把水壺拿過來。」何萍低著頭說。小蓮走過去，把水壺遞上。

「你們手腳真快。」陳絹笑道。

「慢呀，多少年沒摸過泥地。年輕時更快些。」王菊美一笑，把皺紋都堆起來。

陳絹看到王菊美指頭泛紅，「我去找雙勞工手套來。」

「不用了，哪有這麼嬌嫩了，戴了手套，手不夠快的。」王菊美雙手沒停下來。陳絹轉過身，又多了兩個婦女，兩手放在背後，興致勃勃地看起來。謝麗娟站在她們後面。陳絹微笑著走上前去。

「謝麗娟，你會種菜嗎？」

謝麗娟搖搖頭，「不種，我只是賣菜。」

「現在我們可以自己種菜了。」陳絹想起她上次的話，「種了菜，我們自己吃。」

謝麗娟還是搖頭，然後看看身旁圍觀的人，慢慢地往後退。她想走。陳絹也不勉強，假裝轉過身去看婦女犁地。

「看！」小蓮忽然叫道，「是貓！」

果然是貓；牠躲在鐵絲網後面，眼睛瞪著圍觀牠的人。

「許久沒見過貓了。」麥芬女笑起來，看著貓，「嗨，這裡沒東西你吃哦。」

「你來錯地方了，」王菊美也笑了，「這裡人人自身難保，連魚頭都沒得你啃。」

陳絹想笑，卻笑不出來。她回過頭後，謝麗娟果然已不在了。陳絹往遠處望，只見謝麗娟從自己的房間中探頭出來，以一個她認為安全的距離觀望一切。當發現陳絹往這邊一笑時，謝麗娟馬上把頭縮回窗內。

這天傍晚，陳絹收拾物事準備下班，忽然感到身後有一陣奇異的感覺。她轉過身去，只見辦公室門口露出來一張蒼白的臉。是謝麗娟的臉。陳絹不禁一怔：「有甚麼事嗎？」

謝麗娟的臉又縮回去了。過了一會，臉又伸出來。在白色的燈光下，像浮在半空的戲劇面具。

「謝麗娟，有甚麼事？進來再說。」陳絹試著笑問。謝麗娟囁嚅道：「田。」

「甚麼？」陳絹想上前，又怕嚇走她。

「田。」這次謝麗娟大聲了一點，「我想看看田。」

陳絹一想，隨即明白：「外面那塊田？好啊，我們一起去看。」

陳絹走在前面，不時往後望，確認謝麗娟跟著來。黃昏時分的草地披上一層薄薄的金光，晾曬中的衣裳如金光中的帆，隨風飄揚。陳絹和謝麗娟像涉水一樣，慢慢走過去，在菜田前停下；婦女才整理好雜草，還沒播種，這平整四方的一角，就如細小的岸頭。陳絹站在那裡，覺得自己被整個黃昏包裹起來；短袖衣下的手臂金黃而微涼。彷彿有一種氣味縈繞；然而陳絹想不起這氣味的名字。

謝麗娟站在另一邊，沉默著，像草地上的一棵幼樹，靜靜地豎立在那裡。她把雙手插進線衫的口袋裡，口袋墜得往下掉。於是她看上去更像一棵瘦弱的樹了。

謝麗娟喃喃地說了一句話。

「嗯？」陳絹聽不清楚。

「我說，」謝麗娟的目光依然停留在菜田上，「我媽死了。」

「哦……你怎麼知道？」

「那時候醫院打電話來。」謝麗娟忽然一笑，「媽那時多希望我是個男孩，可是生下來是個女的。」

「哦？」陳絹道，「是嗎？」

「是啊，她不許我哭。連那個女人的孩子死了，她都不許我哭。」

「哦……」陳絹留心著謝麗娟的神情——上次不是說母親等著寄錢嗎？記憶混亂是精神病的病徵之一。

「你很難過吧？」陳絹試著問。

「阿姨打電話來。」謝麗娟好像答非所問，「我連媽的樣子也忘了。」

陳絹不作聲，等她自己說下去。

「媽有時會蒸馬拉糕給我吃。有時是煨番薯。我喜歡吃番薯。」謝麗娟「格格」地笑起來，「很好吃哦。」

「一定很好吃。」陳絹不知道她想說甚麼，只好暫時認同她的話，「你媽很疼你。」

謝麗娟沒有回答，只微笑起來。太陽的光芒逐漸消失了；陳絹不禁打了個寒顫，卻不知應否離開。

「這地方真的用來種菜嗎？」謝麗娟問。

「是的，」陳絹盡量把自己的語氣調節得積極些，「你想吃甚麼菜？我明天去花墟買種子。」

「番薯苗吧！」謝麗娟果然開心起來，拍掌笑道，「有苗吃，也有番薯吃！」

夕陽終於在地平線上消失了；眼前的世界旋即掉進深藍色中。在黑暗來臨前，陳絹把謝麗娟帶回光亮的房間中。謝麗娟在這光亮中睡著了。

這晚，陳絹離開母親的家時，再次見到那條黃色的狗，在草叢裡蜷成一圈。陳絹站在原地，然後決定過去看看。她過了馬路，在狗的旁邊蹲下來；狗感到異動，便坐直了身體，目不轉睛地看著她，一副隨時要逃跑的樣子。丈夫跟在後面，不敢走近。

「牠不會襲擊人的。」陳絹說，眼睛卻沒離開黃狗，「牠該不是那種兇惡的狗。」

「我怕走近了嚇跑牠。」丈夫遠遠地回答，「我到超市買些狗罐頭回來。」

丈夫帶來罐頭與報紙；陳絹把食物放在報紙上，擺在狗面前，然後站起來往後退。狗依然緊盯著；待陳絹退得夠遠了，才低頭，嗅一嗅，然後大嚼起來。

「你在幹甚麼？」背後忽然傳來聲音。陳絹連忙走到街燈旁，只見有人站在丈夫後面。聽聲音是一個婦人。

「沒……沒甚麼，」陳絹不知婦人的來意，只好一邊招手讓丈夫過來，一邊輕描淡寫，「有一條狗在這裡，我來看看。」婦人走近了，上上下下地打量著夫婦二人。忽然，陳絹覺得自己非常愚笨，黑暗中倒走在燈光之下，自以為安全。

婦人離開了光，走近黑暗的草叢，蹲下來，狗竟然丟下食物，跑出來了。看來，她跟牠相熟。陳絹試探著問：「這條狗，本來在山坡上的？」過了半晌，婦人才答：「是的。最近山坡的工程，把狗趕下來了。」

狗一直沒有作聲，只蹲在婦人腳旁。

「這裡有些狗罐頭，」陳絹把丈夫手上的超市背心袋接過，遞給婦人，「送給狗吃的。」

「其實也用不著，」婦人只盯著狗，「牠一向吃飯菜。」

陳絹知道，因為福福也吃人的飯菜。「不打緊，反正也買了。」

婦人這才接過背心袋，拿出裡面的物事，湊在街燈下細看，「雞肉味、牛肉味……哈，牠從沒吃過這等美食呢。」

福福也沒吃過。陳絹想起福福把飯兜舔個碗底朝天的樣子。那不過是吃剩的湯料澆上白飯。

「那麼，謝謝你了。」婦人挽著背心袋，兩手放在背後，看著狗吃得津津有味的樣子，「嗨！快謝謝人家。」

狗當然不理睬，把最後一口狗糧吞進肚裡。陳絹說：「這條小路人來人往，其實也不安全。」婦人嘆一口氣：「這有甚麼辦法？我住公屋，又不能收容牠。」

陳絹默然無語。

「我想報告一下謝麗娟的情況。」陳絹打開文件夾，「她一進來的時候，社署就把她的報告交給我們。報告上已提過，謝麗娟曾經到精神科診所求診，見過兩次醫生。」

眾人沉默，待她說下去。陳絹咽一下喉，「我一直有留意她，覺得她的情況比想像中嚴重，有時語無倫次。」

眾人依舊無言。希斯先問：「有沒有攻擊性？」

「這倒沒有，至少暫時沒有。」陳絹如實回答。

「她有聯絡其他人嗎？例如家人、朋友之類。」

「我問過她，她說，不想讓母親知道自己住進庇護中心，」陳絹報告，「也不聽見她提起自己有甚麼朋友。」

「謝麗娟來的時候，連手提電話也沒有呢，看來真的沒朋友。」艾達補充，「她剛來時我曾問過當區警署，說是報過兩次警，兩夫婦打架，調停了事。」

「這樣的家庭，幸好沒孩子哪。」科娜勉強一笑。陳絹想說，又把話吞回肚子裡。

「不知謝麗娟的精神狀況怎樣，」希斯托一下眼鏡，「宿友各自有自己的問題和情緒，無事也要爭執一番的，何況遇上個精神有問題的？情況沒改善的話，也許要設法聯絡她的家人。」

陳絹沒作聲。希斯轉頭問科娜：「我們有這項資料嗎？」

「你的意思是，讓她自己離開中心嗎？」陳絹忽然發問，「有人陪她覆診嗎？有人看著她準時吃藥嗎？」

「我沒有這個意思。」希斯解釋，「可是留在這裡，對她也沒幫助。她在這裡沒有朋友也沒有家人，完全是孤立無援。」

「嗯嗯，」陳絹點頭，「孤立無援。那這座庇護中心用來幹甚麼呢？」

會議室的空氣剎那凝固了。眾人面面相覷，當然不作聲。彷彿過了好一會，希斯忽然咳了一下：「大家還有別的事嗎？沒有的話今天散會吧。」清姐看看牆上的時鐘：「才一個小時？」科娜拿手肘碰她一下，然後收拾文件離去。

陳絹也低頭執拾，聽到後面有人道：「一起吃午飯如何？」

陳絹沒回頭：「午飯時間再說。」然後回到自己的辦公桌前。覆了幾個電郵，陳絹推開桌面的雜物，站起來走到外面去。雨水困在厚重的烏雲中，小草地像一個關上燈的偏廳，陰暗悶熱。宿友都留在房間內，沒有人，沒有陽光，也沒有風。陳絹站在那裡，想記起些甚麼，卻甚麼也記不起。

「你還是跟以前一樣，脾氣一發不可收拾。」

侍應遞上餐湯，幾顆葱花在熱水中浮游。

「我不過是一句話，你就發火了。」

陳絹呷了一口湯，果然淡而無味。

「火氣仍在啊。」

「沒這回事。」陳絹終於抬頭，「都甚麼年紀了，早已沒火氣了。」

「是嗎？」希斯搖頭苦笑，「我比誰都清楚你的脾氣。」

「哦？」陳絹把湯碗推開，「反過來，我想我也非常了解你吧。你是擔心宿友賴在這裡不走，中心整體入住人次不足，下年申請撥款有阻礙，是嗎？」

「是的。」希斯放下餐匙，「維持中心運作是我的責任。我認為我沒有錯。」

「既然如此，你沒必要向我解釋，」陳絹道，「堅信自己沒有錯，就不必理會外界的看法。這話不是你以前教我的嗎？」

「你還記得。」希斯低頭微笑，把飯勺進嘴巴裡，「看來我們的記憶力還不錯。」

「別再懷舊了，」陳絹道，「有一件事，剛才我忍著沒說。我懷疑，謝麗娟曾經墮過胎，或者孩子死了，夭折了。」

希斯放下筷子，拿起餐巾抹一抹嘴巴，又把餐巾重新摺好。「你怎麼知道？」

「純粹是我的猜想而已。」陳絹坦白道，「也沒法求證。還有就是她母親到底是否在世，有沒有其他家人，我也搞不清楚。她的狀態很飄忽，記憶也很混亂。」

「所以你反對她離開。」希斯呼一口氣，作兩眼反白狀，「坦白說就可以了嘛，不是嗎？」

「可是一切只是我自己猜測而已，」陳絹對他的插科打諢毫無反應，「那是她的私隱，也許也是她的傷口，我怎可以隨便公開呢？況且這是原則問題。」

「甚麼原則問題？」

「就是說，你要維持中心運作，我不反對；可是我的責任就是照顧中心裡的宿友，不管她們住多久，都要盡量讓她們在中心的日子過得舒坦些。我不想她們用母貓那種方式保護自己。我媽曾經說過，母貓為了保護孩子，有時會把貓崽吃掉。」陳絹忽然說。

「是嗎？」希斯吐一吐舌頭，「真可怕。」

「你說母貓？還是我媽？」陳絹勉強一笑。

「好的好的。」希斯雙手舉起作投降狀，「我承認，對女人，對宿友，我的了解不夠你多。」

「謝謝。」陳絹想報以笑容，卻笑不出來，只好望出窗外。餐廳對面是一個工地；新的豪宅快要落成：粉紅色外牆，大閘有一層樓高，金色的欄柵。這個城市正炫耀著一切可供炫耀的。陳絹忽然發現工地的保安正朝她看；於是別過臉去。

陳絹從來不生病的，然而這一天畢竟病了。丈夫替她打電話到中心請了假，給她煮了麥皮，看著她吃了，說要陪她看醫生。陳絹搖搖頭：「不是甚麼大事，在診所等上個多小時，更不好。」丈夫知道講不過她，只好著她上床休息，替她蓋好被。

「你不是說今天要面試嗎？」陳絹問，「在北角？」

「本來是的，」丈夫看看手錶，「或許我打電話去，看能不能改期。」

陳絹看看床頭的小鬧鐘，「不必了，現在就換衣服吧，還來得及。」

「可是……」丈夫坐在床邊，伸手摸陳絹的額。陳絹把他的手推開：「我沒事，安安靜靜睡一會就好。」丈夫不作聲。陳絹嘆了一口氣說：「難得有個機會。你不是等了半年才等到嗎？」

丈夫看著她。陳絹又說：「我知道你喜歡教書，這半年不容易過。」

「好端端的，說這些話作甚麼。」丈夫稍為笑了一下，「看來你真是生病了。」

他把被子塞滿她頸項的四周，用暖杯盛了一杯水放在床頭，更了衣，關燈出門去了。大門一關，陳絹覺得靜默像潮水一樣淹埋過來；整個房間掉進灰藍色的陰天中。耳畔傳來鄰家的電話鈴聲、開門關門聲，還有街上的汽車聲。到底這聲音有多遠或多近呢？陳絹豎起耳朵，卻無法聽清楚。於是她閉上眼睛，試著幻想中心現在的情況：可能又在開會，也可能有新的宿友；大家可能在菜田上耕作，在房間裡睡覺，在大堂看無聊的重播劇集，也可能有人吵架。陳絹只想到這些事，卻無論如何想不起辦公室、同事和宿友的樣子。一切白茫茫一片；人和事在腦海裡冉冉，卻無法看清楚。

杯盤碰撞的聲音讓陳絹從夢中醒來。廳內有人喃喃自語，陳絹隨即想到那是電視機的聲音；還有水龍頭開了的流水聲，膠拖鞋在地板上走動的「躂躂」聲……這些加起來，一定是母親。眼前是熟悉的天花板，石屎的、白色的，混凝土大廈中的其中一個單位，她的家，她自己的，然而有些事情還是躲不了。陳絹掙扎著，想坐起來，卻用不上氣力；想叫，只覺口乾舌燥，再也喊不出聲音來。暖杯裡的水就在眼前，卻彷彿遠在千里。母親依舊在外面忙進忙出，幹她自己認為重要的事。陳絹閉上眼睛，一陣暈眩。福福突然向她走來，蹲在那裡，看著她；那眼神不是抱怨，也不是驚恐；牠在跟她道別。

「媽！媽！」她覺得她張大了嘴巴，然而不知是誰的手從她的身體裡伸出來，捏著喉頭不放。陳絹吸一口氣，用盡了氣力。

「媽！」

外頭的雜聲剎那間停下，接下來是一陣急促的腳步，「你醒來了？」母親走到床頭，「覺得怎麼樣？」

「媽。」陳絹又喊了一聲，然後發現自己嗚咽了。

「好端端哭甚麼？」母親把陳絹扶起，替她披上外套，打開保暖杯的蓋，遞給她。「子超打給我，說你病了。我煮了粥，要不要吃？」

陳絹喝了一口水，鹹的，是夢中流出來的眼淚。為甚麼哭呢？她模模糊糊地，知道只差一點點就能想起來。然而她再也想不起；她覺得害怕。

「是腐竹白果煲粥哦，」母親接過杯，站起來，「再等一會就煲好了。」

在母親把粥拿進房間時，陳絹已再次墮進黑暗的睡眠中。

從精神科診所出來，恰巧一輛汽車駛過，捲起路邊的落葉。陳絹抬頭一看，只見兩旁的樹都開始掉葉子了。回頭一看，謝麗娟跟在後面；她把兩手插進線衫袋中，把衣服墮成一個帆布袋似的，袋下是一雙纖瘦的腿，下面是一對塑膠涼鞋。頭藏在縮起的雙肩之中；雙眼間中往上匆匆一瞄，隨即又往腳下的柏油路地上望。

平日的上午，街上沒甚麼人；於是她們在行人道上緩緩走著。早上的密雲似乎稍為散開了些；幾隻麻雀在幾步之前漫無目的地跳著，待她們走近，便適時往前方矮矮地飛去。

「累嗎？」陳絹問，「要不要休息一會？」

沒有回答。陳絹改變說法：「你肚餓嗎？」

謝麗娟停下腳步。於是，陳絹在快餐店買了食物，二人在附近的小公園坐下。公園的中央有長椅，有蓋亭、兒童遊樂場，還有一個公廁，沒人，沒異味。女廁門口有兩個清潔工人在聊天。

「好吃嗎？」陳絹呷了一口熱咖啡。謝麗娟也沒搭腔，只小心翼翼地舔著冰淇淋，一小口一小口。風暫時停止了；陽光竟從大廈後面露出一絲溫暖，照在樹葉上，在長椅前的地上打出一點點金光。陳絹把身子往後挨，不自覺地嘆了口氣。謝麗娟忽然轉過頭來，朝她看。陳絹見到謝麗娟的嘴角沾了冰淇淋，不禁笑了。

「我最近也很累了。」陳絹索性伸個懶腰，「許久沒試過坐公園喝咖啡了，今天出來走走真好。」

謝麗娟依然默默地吃著冰淇淋。陳絹看著對面的大廈。灰色的外牆，寬大的露台；大門口前幾級石階，石階旁邊一盆小小的松樹。這幢大廈的樓底很高，很高；二樓一家在露台天花板上安裝了一盞連著吊扇的燈。陳絹想起，在夏天的晚上，路人從地上抬頭望，會見到風扇搖動，幾盞花蕾形的燈泡，構成一片昏黃。陳絹知道，大廈的另一面對著山坡，那時山坡上的樹還十分茂盛，夜晚，不知從哪裡飄來白蘭花的香氣。鄰家打開了大門，一個孩子在大廳裡搖搖擺擺地學走路。孩子的祖母跟在後面，「呵呵呵」地笑了。祖母身後是一張三座位沙發，一隻白貓躺在那兒睡覺。陳絹還記得大廈外圍原來有一列花圃，裡面躲著幾頭貓。

「我以前住在這裡。」陳絹說。謝麗娟回頭看她。

「我說，我以前住在這裡。」陳絹繼續說，「是真的。我還記得，有一年的冬天，我站在露台，看見一頭母貓和牠的孩子，在樓下的草叢裡睡覺。母貓忽然抬起頭，看了我一眼。我家是住頂樓的哦，可是，隔著這麼多的樓層，我還是很清楚母貓真的盯著自己。第二天，貓崽們全不見了。我告訴我媽，媽說，母貓為了保護自己的孩子，有時會把孩子吃掉。」

「是的，你媽說得對。」謝麗娟的口吻忽然如專家般確定，「我見過。在樓梯底。那隻貓走進樓梯底生了一窩小貓，我不聽媽說，摸了小貓，結果母貓就把孩子吃了。」眼睛的光芒變成銳利，「吃掉了啊！只剩下一雙小手掌……貓的嘴邊還有小貓的毛……」

陳絹放下咖啡，看著謝麗娟雙眼發出明晰的光芒。

「真的，只剩下一雙小小的手掌，」謝麗娟兩手比劃著，「這麼小！地磚都沾了血。」

冰淇淋「啪」一聲掉在地上；謝麗娟忽然掩著臉，「嗚嗚」地叫起來。陳絹輕輕地擁著她的肩膀，讓她哭。那幾隻小麻雀又飛回來了；其中一隻停在兒童滑梯頂上，伸出小小的頭，以一種站在懸崖邊緣的神情，凝重地往下望。小小的尖喙刺破了空氣中僅有的濕度；於是整個小公園開始濕漉漉起來，涼的，草腥的。

「我剛才不是說，我以前住在這裡嗎？」陳絹的手扶著謝麗娟的肩膊，「我以前，養過一隻狗。」

謝麗娟依舊嗚咽著；好一會才停下來。雙眼往前望，不知望向何方。

忽然，謝麗娟回頭看著陳絹，「然後呢？」

「那時我爸做生意做得很好，」陳絹看著對面大廈，「我們住在這裡，養了一條唐狗，叫福福。福福負責在天台給我爸看貨。不過我沒有兄弟姊妹，福福也就等如我的弟弟了。我媽也很疼牠的。」

母親……陳絹看著自己的手，想起母親的手。那時母親的手纖細如玉。

「後來我爸被人騙了一大筆錢，生意做不成了，房子也得賣掉還債。」陳絹也往前望，卻不知自己看到哪裡去了，「我們得搬走，搬到母親一個朋友家裡的小房子中，沒法帶上福福。那時我讀中學，為了福福跟爸爸媽媽吵過幾場架。有一天，母親趁我上學的時候，把福福帶去漁護署打了針。」

陳絹看著謝麗娟。謝麗娟雙眼回復明晰，一如平靜的海面。陳絹在這雙眼的瞳孔裡看見自己顫動的臉。於是她慌忙掩著臉，讓痛苦記憶再一次流過身體。

「福福，是個好名字。」

陳絹抬起頭，分不清謝麗娟的話是真是假。

「真的，」謝麗娟彷彿讀出陳絹的懷疑。「這名字不錯。」

陳絹抹了眼淚，與謝麗娟並肩坐在長椅上。遠處的行人道上，一個女人走過；她穿著藍天白雲花樣的裙子。風吹過，裙子在女人身後鼓起一團，像藍色的雲。

「媽媽！」陳絹在後面喊道。母親回過頭來。秋天的太陽在母親背後，四周是橙色的光。母親的臉背著光，應該看不到臉，但陳絹知道母親在笑——為甚麼不是呢？

麥芬女的官司終於完結；她跟丈夫離了婚，贏得子女撫養權。贍養費是沒有的了，不過社署批了綜援和公屋單位。這天，麥芬女帶了小女兒來，跟中心的人道別。

「別讓你前夫知道你的新地址，」艾達提醒她，「不要讓他上門。」

「對啊，如果他真的想見女兒，約在快餐店好了。」科娜接著說，「一定不要跟他去僻靜的地方，有甚麼事馬上報警，一定要警察給你一個檔案編號。要不然也不知差人落案了沒有。」

「有甚麼事就找我們。」希斯說。

「別把你的前夫惹到這裡來。」何萍說著，把小蓮拖到身後，好像麥芬女的前夫真的出現了似的。

「她不會的。」希斯打圓場，「芬女在這裡住了很久，知道規矩。」

「等女兒大些，我也到外頭找工作。」麥芬女向來跟何萍夾不來，不理她，「收銀、清潔，甚麼也好。」

「這不忙。先適應新生活吧。」

「以後沒新鮮菜吃了！」麥芬女走到窗前，看著外面的菜田，「新鮮菜，比買回來的好吃。」

深秋的菜田，菜早已摘光了，卻種上了番薯。幼小的苗只幾吋長，疏疏落落地在菜田上長著，風吹過便搖擺起來，像一個個聞歌起舞的小矮人。

「下次來，煮番薯糖水吃！」王菊美笑道，「那時候莫杏秀應該好起來了。」

上個星期，莫杏秀清晨偷跑到庇護中心外面，躲到不遠處的公廁裡割了腕。前一天的下午，她的丈夫在輔導員面前簽了離婚紙。傷口割得很深，若不是剛巧有清潔工人進來發現了，只怕救不回來。如今還在醫院裡。

「她真傻。」科娜說，「拖拖拉拉了這些年，嘴裡說是無所謂，心裡其實捨不得。」

大家都沉默起來。希斯拍手道：「待莫杏秀出院了，我們一起做蘿蔔糕吃吧！今天應該替麥芬女好好餞行。清姐給我們做了很多小吃呢。」於是眾人動手把食物從膠盒裡擺到紙碟上。艾達替麥芬女的女兒和小蓮夾了些啫喱糖花生糖，兩個小女孩吃著吃著便聊起天來。

「媽，」小蓮忽然回頭，看著她的母親，「我們幾時也有公屋住？」

大家都笑了。何萍道：「不知道呀。頂多露宿街頭。」

小蓮想了一想，「好呀，我要住屯門公園，醒了便溜滑梯。」

「你不上學呀？」何萍嘆了口氣，「哪有學校收一個乞兒的女兒。要不然我真的瞓街算了。」

「我們這伙人，就是說不到高興的話題上去。」麥芬女笑了。

「也不一定，」何萍道，「在這裡，總比以前擔驚受怕的好。」

「想不到你會這樣說，何萍。」希斯坦白說，「我一直覺得你是比較悲觀的人。」

「像我們這種處境，說高高興興是騙人，」何萍今天的話好像特別多，「不過，我心裡有數。我有看報紙。在香港，辦這個中心，不容易。」

「何萍說得是。」李金妹夾了一隻咖喱角，卻沒有吃，「只是不知道這個中心能不能維持下去……」

大家隨著李金妹的話往外望；上個月，社署通知庇護中心，中心旁邊的樹林被發展商買了，用來建別墅。一旦有人搬進來，中心的地址、用途就曝光了，所以必須要在工地施工前找地方搬。

「實在是沒道理。」王菊美放下筷子，「我們都躲到這種荒山野嶺來了，還逃不過嗎？」

「當初政府批地，說過中心四周不會有別的建築物。」科娜道，「想不到他們會申請改變土地用途，反口了。」

「現在的地多值錢呀，」李金妹說，「我們這群人，無權無勢，可以怎樣。」

「你們一說這個，我做的東西都沒人吃了。」清姐笑著，指著滿桌的食物，「明天的事明天才算吧！先吃飽這一餐再說。」

「對，」希斯站起來，舉起紙杯，「酒是沒有了，將就著喝汽水吧！我們乾杯！」

大家嚷著都站起來碰杯；連小蓮也走過來跟母親碰杯，又拿些春卷、通心粉，吃得滿嘴茄汁。科娜替她抹了。陳絹見謝麗娟站在門口，便拿了些食物，遞給她，二人走到外面去。這一日的黃昏，好像和以前的有點不同：太陽是縮小了的，烏雲在它的周圍；樹上、草地上、地面上和石階上的光，驟眼看是污濁的橙色。山下的路人在這種陽光中走過，蒙上一臉疲倦，並不自知；一個男人在遠處的斜路上走過，陳絹認得這個男人，他在附近天橋底露宿，是個啞巴，靠拾紙皮罐頭為生的。此刻，啞巴弓著背，手上挽著一個紙袋，身上衣服臃腫，腿上的褲腳一長一短，拖沓的腳步像一隻犁田的水牛，拖著、拖著，往路的盡頭，夕陽落處走去。已經是黃昏了，啞巴要走到甚麼地方去呢？陳絹試著想，卻想不出答案。

「他們剛才說，這裡要拆嗎？」謝麗娟忽然問。

陳絹不知如何回答，只好默然一笑。二人在草地上坐下，默默地吃著，一隻貓穿過鐵絲網，在她們面前躺下，迎著餘暉曬起太陽來。陳絹認得這就是上次那隻三色野貓；鐵絲網後那幅快被發展的土地就是牠的家。 陳絹撕了一點吞拿魚三文治，走到貓的面前，貓居然也不走開，就在陳絹手裡把東西吃了。陳絹伸手去摸牠的頭頸，有點油膩，軟柔而溫暖，像一件穿舊了的棉襖。

所謂工地不外乎是混凝土車、起重機，把舊屋、樹木和記憶一併剷走。謝麗娟看看身旁的人，兩手在背後扣著，津津有味地看著剷泥車把街口的樹連根拔起──啊，這是甚麼樹？一時竟想不起來。不遠處，兩旁的稻田早已消失，堆滿了泥頭，旁邊是一幢興建中的三層大屋，有露台，金色的欄杆。

只有大太陽照樣猛烈，從記憶深處的遠古直照下來，照得謝麗娟無法睜大眼睛。謝麗娟很努力地回想，終於想起眼前被挖起的樹是荔枝樹。謝麗娟忽然發現母親就站在對面；那的確是母親，隔著工地和看熱鬧的人群，她看得前所未有地清晰。她赫然發現這個每日見著的母親原來老了，老多了，頭髮灰白，比年輕時矮了一截；幾十年的大太陽，足夠把她的臉曬成一塊岩石，上面滿佈深刻的坑紋。母親笑著，間中與身旁的人交頭接耳，對著工地指指點點。這半年來謝麗娟從沒見過母親神態如此輕鬆；因為女兒終於答應嫁人了，不用再擠在一起了。

母親也看見她了，迎面走來，舉起手上的東西。那是背心膠袋裡一尾鮮蹦活跳的黃鱔。

「你喜歡吃魚嘛。」母親說，「今天吃好一點。」

那個下午，謝麗娟站在廚房門口，看著她的母親劏魚。母親把鱔一刀劈下，斬成兩截。分開了的魚在砧板上顫抖；她看見上半截的鱔把頭向後扭，彷彿要找尋自己的下半身。想不到魚也會痛！謝麗娟覺得奇怪，便站在那兒看了一會。外面忽然傳來「轟」的一聲，工地上的打樁機開動了，震動從腳底傳來，一下一下地，彷彿要把整條街震碎；謝麗娟覺得自己站不穩；這廿多年來的人生似乎一下子從地底上湧上來，把她推得踉蹌跌倒。她走出屋外，眼前關上的鐵閘，除了開門逃走，已無路可退。

謝麗娟舉起手，擋著想像中的陽光。晚上的庇護中心沒有打樁的聲音；不過又是那頭貓頭鷹在「咕咕」地叫而已。

離開社會福利署，陳絹只覺頭昏腦脹，便著希斯到附近快餐店坐下來休息。希斯買來一杯熱巧克力，陳絹喝了，這才慢慢恢復過來。

「病還沒好吧？」希斯往陳絹的臉上端詳，「剛才的房間空調太冷了。」

「香港地就是這樣，穿著毛衣開冷氣。」陳絹雙手捧著杯，「現在好些了。」

希斯沒作聲。他們坐在落地玻璃窗旁，窗上反映出二人的影子。

「剛才他們說的，你看怎樣？」希斯雙手於胸前疊起。陳絹搖搖頭：「我看他們也沒甚麼辦法。發展商真金白銀把地買了，誰也奈不了何。」

「真的要找地方搬，也不容易，」希斯嘆了口氣，「要有交通接駁，又要隱蔽，四周沒有別的建築……況且總不能地方比現在的還小，不然宿友們往哪裡去。」

陳絹也只能嘆一口氣。

「其實，我想跟你商量，」希斯把雙手握在一起，放在桌上，「也許我們可以採取主動。」

陳絹看著他，待他說下去。

「即是安排宿友接受傳媒訪問，搞遊行，聯絡政黨之類。」

「坦白說，我也想過。」陳絹抿一抿嘴，「但是讓宿友接受訪問，我擔心記者會怎樣詮釋她們的故事，也怕她們抵受不了壓力。」

「當然要找相熟的記者，」希斯接著說，「訪問時我們也要在場。」

「得事先經過宿友同意，」陳絹放下杯子，「只要其中一個不贊成也不行。萬一中心現址見了報，可不是一個人的事。」

希斯沉默起來。陳絹看著他：「宿友是相當脆弱的一群，我們的首要責任是保護她們。」

「沒有中心也就保護不了她們。」希斯笑道，「我的想法和你一樣。」

「不，不一樣。」陳絹搖搖頭，「拋頭露面的事應該由我們負責，不是她們。我認為我們應該先聯絡別的保護婦孺機構，請他們預留些床位，必要時宿友不至於流落街頭。然後由我們去接觸傳媒。到政府總部、發展商辦公室門口示威我也可以。至於宿友要不要參加，就像我剛才所說的，如果全體同意，那我們也不能阻止她們為自己爭取權益。」

「要擲雞蛋搖鐵馬嗎？」希斯笑問。

「不，我是非暴力主義者。」陳絹沒有笑。

「呵，」希斯笑出聲來，「這真是新鮮奇聞了。以前朝著警察扔番茄、被人拉上差館的那個陳絹到哪裡去了？」

「我早說過，我已沒有那團火。」陳絹乾脆回答，「現在的我就是一個普通的、已婚的在職婦人。這樣而已。」

希斯看著她的眼睛，「不，你沒有變。一個人的眼睛沒有變，就是沒有變。」

陳絹別過臉去。

「子超找到工作了嗎？」希斯問。

「早一陣子見過工，暫時還沒消息。」陳絹拿起快餐店附送的冷水，喝了一口，「只好等著。」

「不用擔心，子超是個好人。」

「好人一定找到工作？」陳絹笑道，「別忘了大學總是肥上瘦下。」

「我相信好人有好報。」希斯也笑了，「他娶到你，就是好報。像我，就娶不到。」

陳絹不作聲。

「真的，那時只差一點點。」希斯低下頭，攪動面前的咖啡，「現在想起來，也說不準那一點點到底是甚麼。」

「既然想不起，就別去想好了。」陳絹一口喝光巧克力。「走吧，大家都等我們的消息。」

「根本沒消息可言。」希斯仍然坐在那裡，「我不知道怎樣向同工交代。」

「沒必要認為自己是向誰交代，這是大伙兒的事，又不是你一個人的事。」

希斯抬起頭，看著陳絹。陳絹默然站在那裡；的確，這些年來，希斯沒變：依舊是清癯、略長的頭髮，黑而大的眼睛。歲月在他身上留不下任何痕跡。陳絹想起自己；老了，老多了。

想到這裡，陳絹轉身離開。出了快餐店門口，剛好見到一隻麻雀展翅飛上樹梢。

「自由自在，多好。」希斯在身後說。

「自由也有代價呀，麻雀是麻鷹的食糧。」陳絹沒有回頭，逕自往車站方向走去。

斜坡工程看來已經完成了；棚架拆去後，露出被混凝土封印了的山坡，灰色的表面恍如被剝去外皮的獸的屍骸，伏在月光之下，變成化石。

婦人把滿佈泥沙與螞蟻的湯汁倒掉。那一袋本來算是流浪狗美食的物事，如今淪為垃圾了。陳絹蹲在路燈下，看著好些螞蟻隨著湯汁緩緩流動；牠們有的掙扎，有的靜止不動，分不清是淹死了呢，還是決定了隨湯逐流。

湯汁倒光，婦人把膠袋手抽綁成一個結，丟進垃圾桶裡。陳絹走到稍遠的地方尋找，仍不見影蹤。

「論理，草叢已剷平，狗沒地方躲起來。」陳絹豎起腳尖，極力想看清楚草叢深處，眼前卻只得一遍漆黑。「會不會是漁護署的人來捉狗？」

「算了吧，」婦人嘆了口氣，「這也是流浪狗的命。對了，你是不是陳太太的女兒？三座七樓的陳太太。」

陳絹嚇了一跳，「是的，你怎麼知道？」

「你們的樣子很相像。」婦人道，「我和你媽在超級市場碰見過幾次，她說見過我餵狗，也送過我一些狗糧。」

「是的，我媽喜歡狗。」陳絹試著這樣回答，聽出自己的聲音乾澀一如無味的枯葉。風從山上一邊吹來，如一群飛鳥掠過，吹到另一邊去，翼尖刮得人臉隱隱生痛。稍高的雜草搖到一邊去，「沙沙」作響，然後又反彈到原來的位置。

婦人再次望向空空的山坡，「你和你媽送的罐頭，狗很愛吃。」

婦人把空著的雙手放在背後，轉身，隱沒在黑暗中。陳絹再抬頭往山坡上望，只見天橋墩下隱約可見幾個紙皮盒，一柄張開的雨傘。那是無處容身的露宿者的遮蓋。

這一夜，或者說，這麼多年之後，陳絹終於清楚看見夢境；夢中，她看見母親坐在舊屋客廳的小板凳上，搖著大葵扇，給躺在沙發上的陳絹搧風。扇的影子落在母親的臉上、肩膀上；母親的笑容也是一明一暗的。然而她的確在笑。母親的手指纖長；一道藍色的、纖幼的血管，躺在白皙的手背上，微微地跳動。夢裡，甚麼也沒發生，就這樣搧著風，躺著，直至清晨醒來。陳絹睜開眼睛，只見灰藍色的、靜默的天花板。於是她坐起來，掀開窗簾的一角，外面彷彿下過雨；遠處，彎彎曲曲的馬路在同樣是灰藍色的天空下向前蜿蜒，汽車走在上面，像工蟻蠕動。大廈高高低低，如峰巒參差矗立。

「你還可以嗎？」希斯把風衣披在陳絹肩上，「不要太勉強。」

陳絹一笑，「我很好，沒事。」

「這裡風猛，要換個地方嗎？」希斯站直身子環顧四周，「那條大柱後面好嗎？能擋風。」

「柱後面沒有人見到……」科娜小聲說。陳絹朝她點點頭，又向希斯說：「這樣吧，你給我買杯熱飲，好嗎？」

「咖啡好嗎？」希斯話音未落，科娜已皺眉道：「絕食還飲咖啡？你去買些豆漿、杏仁霜回來吧！記得別買冷藏貨，要熱的。」

希斯竟不介意科娜搶白，匆匆忙忙地去了。於是陳絹眼前出現丈夫的身影。他一直站在不遠處的欄杆旁邊。他身後是整個中環夜景；聖誕節快到了，大廈外牆都是燈飾，聖誕老人、鹿車、金色的搖鈴、和平鴿……璀璨的光芒把丈夫木然的臉映成青青黃黃。在他身後一名路人走過，朝陳絹身後的橫額看了一眼，也沒停下腳步，繼續往前走了。

陳絹不禁微笑起來。丈夫見她笑了，也就笑了，依舊站在那裡。陳絹向他招招手。丈夫走過去，彎腰把耳朵湊近。

「別讓媽知道。」陳絹小聲說，「這兩天別讓她看報紙和電視新聞。」

丈夫點點頭，卻不作聲。科娜聽到他倆的對話，忍不住說：「根本沒記者來……都快兩天了。」

「新聞稿發了嗎？」陳絹問。科娜點點頭。於是陳絹不作聲了，閉上眼睛。這個城市理應嘈吵不已，然而陳絹此刻卻感到前所未有的靜寂──不；是她獨自一人身處密封的空間中，汽車聲、人聲從遠處傳來，卻無法進入她身畔的範圍。飢餓在她的四周築成四面牆，隔絕了她所有的感官；陳絹只能不停對自己微笑，以抵抗肚腹中燎原的火焰。那不是痛，是空虛。在空虛中她想嘔吐，把身體裡無以名狀的污穢全吐出來。

那是小學六年級的事吧？因為抄數學功課被老師責罰，回家後又被母親打了幾下，陳絹朝前來逗她玩耍的福福踢了一腳。那一腳不輕，福福連續往後退了幾步；陳絹以為牠會發怒，但牠沒有，只往屋的一角縮起來。那夜，陳絹半夜起床喝水，只聽到福福依舊在牆角蜷起自己。陳絹過去，福福抬起頭，看著牠的少主人。陳絹低頭一看，狗碗裡的熬湯豬肉完全沒動過。

「福福，」陳絹撫摸牠的前額，「踢到哪裡了？」

她慢慢地撫摸福福的身體，摸到胸口前，福福發出低低的「嗚嗚」聲。陳絹想了想，到廚房拿來一點生油，往福福的胸前按摩。她記得小時候肚痛，母親也就拿生油往自己的肚皮上擦。

「是這裡嗎？」陳絹輕輕地擦著，「是我不好，對不起。」

福福又小聲地「嗚」了一聲，慢慢地把頭枕在陳絹的臂上。陳絹摟著牠，就這樣睡了。

「哇！」陳絹花盡全力坐直了身子，把肚中之物全吐出來——不過是黃膽水。

丈夫趕過來，輕輕掃著陳絹的背，又接過科娜遞上的紙巾，抬起陳絹的臉。他握著陳絹的手，發現她滿臉淚水。

「你怎麼了？」這時希斯剛好回來，幾乎把手上的熱飲掉在地上，「陳絹，算了吧！」

陳絹笑著，看看丈夫，看看科娜，又看看希斯。

「你們看，」陳絹舉起手，指著前方迎面而來的一個穿西裝的人，「要來的人來了。」

這一年雨水少，種出來的番薯果然又肥又大又飽滿。大家手忙腳亂地把農作物挖出來，放在磅上，不時發出歡呼聲。會議室的兩張長桌抬出來，王菊美把番薯洗乾淨了切塊；莫杏秀切薑刨皮煮蔗糖，李金妹和麥芬女說要做些湯丸，搓得滿手糯米粉。其他人瞅著外面無人經過時，繞過鐵絲網走到叢林裡，找來好些枯枝、落葉，塞滿了幾個紅白藍帆布袋。希斯和清姐找來幾塊磚頭，在草地上堆起了灶，清姐從家裡帶來大鍋子大蓋子，就這樣煮起番薯糖水來。希斯另外又帶來些飲品、小吃，這一頓下午茶豐富得很。

「柴火煲的！有錢也買不到！」清姐向來聲量就大，這下更是叫賣似的。大家都笑了。

「媽，要蒸多久？」小蓮拉著母親的手。

「要等啊，別心急。」何萍笑道，「別隨便打開蓋子，不然蒸不好。」

小蓮於是不作聲了，認真地蹲在一旁，雙眼盯著火光，專心地等待。

「一會兒蒸好了，陳姑娘和莫杏秀要多吃些。」李金妹笑道，「補補身。」

「不是說番薯吃多了會放屁嗎？」科娜笑道。艾達笑著打她一下：「管他呢！好吃的東西就補身。」

「對！」何萍拖著小蓮，「真的，我們決定了，守在這裡不走。反正也不知道他們甚麼時候動工。也許他們輸掉官司也說不定。」

「可是官司一開始，報紙就可能報道，那時中心地址就可能公開了，」艾達把雙手從大衣口袋裡掏出來，湊近嘴邊呼氣，「你們不怕？」

「怕是怕的，」王菊美只穿著一件毛衣，外罩圍裙，「不過我們人多，倒也不一定吃虧。我們說好了，不管是哪一家的男人找上門，我們就一起把他趕出去，然後報警。」

「幸好那位律師朋友知道陳姑娘在立法會門口搭帳篷。要不然中心實在沒錢打官司。」清姐搶到陳絹身旁，繞著她的手。陳絹道：「應該說，幸好這個世界的好人還沒死清光。」

「真的啊！今天也應該叫律師先生來。」

「番薯收割了，春天快到了，再種點甚麼吧！下次再把律師先生請來了。」麥芬女說著，把手上的三文治撕了一點，走到鐵絲網前「喵」了幾聲。貓果然出來了，也不怕人，就吃起來了。

「真的，都立春了，怎麼天氣這麼冷？」艾達說著，看見謝麗娟把雙手放在火堆前烘著，於是也走過去了。

「你真聰明呀，麗娟。」艾達笑著說，「你的手套很美，誰送的？」

謝麗娟不作聲，只望著艾達笑；她的手上是一雙粉紅色的毛冷手套，夾著黃色間條的。陳絹覺得她今天好像挺開心的，可能是番薯的緣故。

「她自己織的，」陳絹笑道，「我家裡有好些舊毛冷，應該還沒織完。謝麗娟，你給大家也織一雙，好嗎？」

謝麗娟依然不作聲，只管點頭微笑。大家一邊在火堆上烘手，一邊雙腳跳動，試著驅去寒意。眼前蒸氣瀰漫，薑的香氣一縷縷地從鍋子裡滲出來。

「我先給清姐織一雙，」謝麗娟把下巴抵在頸上的圍巾上，微笑道：「我喜歡清姐。」

「啊，那謝謝你啦！」清姐說著，大家都笑了。

陳絹抬起頭，只見天空灑下細細的雨粉；她們站在火爐旁邊，竟不察覺。

「啊，下雨了。」清姐也跟著抬頭，說道。「更冷了。」

「這是春雨。」陳絹道，「春天來了。」

沿著牆往外走，會走到屋邨外圍。那兒是一道矮矮的草地斜坡，一道扁扁的樓梯橫臥在草坡上，通往大馬路。從這裡走到商場，比走大路還快些。陳絹從來不知道屋邨竟還有這麼一個幽靜隱密之處。一株雞蛋花樹，立在石梯的盡頭；滿地落英，卻無緣化作春泥，只能腐爛在混凝土樓梯上。

母親蹲下來，挑些尚是完整的落花，用汗衫兜起來。

「幹嗎？」陳絹問。

「拿回去，用水養著，還能香好幾天呢。」母親彷彿心情很好。

「你的手還敷著藥，別亂動。」

「怕甚麼？」母親自顧自走著，「那時你哮喘病發，我抱著你走兩條街去看醫生，也沒把你掉在地上啦。」

陳絹皺起眉：「那時你甚麼年紀啊？怎可以跟現在比較？」

「我有分寸了，」母親輕描淡寫，「你緊張甚麼。」

那你下次自己去看醫生吧！陳絹強忍著話沒說出口。不知從甚麼時候開始，每次跟母親講話超過十句，陳絹就開始生氣。她開始試著不反駁。

「今晚在我這裡吃飯吧！」母親回過頭來，「我去買菜。」

陳絹又想發話，卻被丈夫截住了：「媽，今晚別煮了，往外面吃吧。我想吃泰國菜。」

陳絹看了丈夫一眼，恰好丈夫也回頭看著她。

「泰國菜哪裡及我們的中菜好吃？不過你們喜歡，我便無所謂！」母親一副勉為其難的口吻。陳絹向自己無奈一笑。

「哪，給你。」母親忽然隨手拿了一把雞蛋花給她。匆忙之間，陳絹也只得用汗衣兜著。

「幹嗎給我？」陳絹兩手兜著衣服，丈夫替她接過手提袋。

「也給你拿些回家，」母親在前面走，頭也不回，「我這些放在你父親前。你的放在福福旁邊。」

陳絹低下頭，看著黃黃白白的雞蛋花在懷裡抖動。父親和福福一定喜歡這花，她想。

那些貓們

按照利貝嘉的遺願，我把她的愛貓喬治桑的遺骸從埋葬地起出，帶往火化公司磨成灰，再跟利貝嘉的骨灰一起撒進大海。我們──包括我，我的丈夫子超，利貝嘉的幾個朋友，出席了這個儀式。我們坐在租來的小艇上；那天天氣很好，我把艇簡單地佈置過，帶同一大束白色的百合，待船駛到海中心，便走到船尾的甲板，把事先混好的骨灰取出，逐份，逐份，撒進海中。海水很快便把骨灰沖散；我的朋友利貝嘉和她的愛貓喬治桑就此隨水而逝，又或者說，從此永不分離。

子超一直把手停留在我的肩上，免我過於傷感。然而我不；我很平靜，就像利貝嘉臨終前似的，滿心相信自己手中所作的事至為正確。利貝嘉的人生最後階段的幾個朋友坐在我的對面，看著她們的伙伴散落透明的海中。她們都留著灰白色的短髮，穿著藍色或黑色的風衣；其中一個穿著一雙塑膠涼鞋，露出幾顆粗糙黝黑的趾頭和灰白的腳甲（我從沒見過人在喪禮上穿涼鞋的）。她們沉默地坐著，看起來也不覺得有何悲傷，大概是臉上的皺紋把任何表情都皺成一團了。骨灰很快便撒完，我把花分給各人，讓大家各自向利貝嘉道別。百合的香氣在陽光下忽然散溢，掩蓋了海風的鹹味。子超站起來，默禱後，第一個把花擲進海中。之後各人照做；最後是我。我看著海面；波浪溫柔地、有節奏地湧動，然後又沉下去；湧上來，又沉下去……我彷彿見到親愛的利貝嘉和她的愛貓喬治桑暢泳其中。

花在海面飄浮，遠去，縮小成為白點，成不了塵和土，連同香氣消失。

我轉過身，走進船艙中，把帶來的鬆餅分在瓷碟上；又取出帶來的保暖瓶，把裡頭的伯爵紅茶倒進茶杯中，放在碟子上，擺上茶匙。鬆餅是我出發當天早上做好的，鹹的是芝士，甜的是香橙朱古力，是利貝嘉的方子。茶具是皇家哥本哈根出品，我等閒不拿出來用。我把糕點紅茶分好，逐一派給喪禮的賓客。小艇上遂傳出杯碟輕碰之聲。

「好吃。」不知是誰小聲地說。我微微一笑；鬆餅不過是最簡單的。利貝嘉連結婚蛋糕都做過。她對糕點一向講究，最愛文華的提子鬆餅和伯爵茶。還在唸大學的時候，我們老是蹺掉華教授的課，跑到文華咖啡廳讀小說。我們讀的比教授教的還多：海明威、吳爾芙，甚至是福爾摩斯……如果利貝嘉看得見這些鬆餅，她一定攢起眉毛，笑道：「朱古力顆粒再切細些更好。」

我知道，因為我們是要好的朋友。

小艇上上下下晃動，把記憶從深深處搖出來。在我心中，利貝嘉永遠是唸大學時的利貝嘉：年輕、飛揚；風吹過她的頭髮，我記得她耳畔濃密鬈曲的髮鬢。然而真實的利貝嘉早已變得跟她那幾個朋友一模一樣：灰白色的短髮、藍色或黑色的風衣。不過，我知道利貝嘉每次上街還是堅持穿正式的鞋子；至少在近年不多的會面中，她還維持這個習慣。我所知道的利貝嘉從不穿拖鞋外出，即使只是上街買報。

子超拿手帕往眼睛下抹了一抹；手腕上的浪琴錶在我眼前閃過，重新又隱藏在亞馬尼黑色西裝中。然後他看著我微笑起來。

當天晚上，我把在利貝嘉故居中找到的一個白色小方盒拿出來。小方盒上襯有米黃色喱士蝴蝶結，綁著一張小卡片，信封上寫上我的名字。我小心翼翼拆開絲帶，打開盒子；躺著的一個小茶匙，銀製的匙身發出純正的光芒，白色陶瓷匙柄，上面是紫紅色的玫瑰圖案，襯托著圓潤的綠葉──連葉面的紋路都看得見。一看就知道是英國韋奇伍德的出品。

我打開信封，看見卡片上寫著「生日快樂 你至誠的 利貝嘉」數字。

是的，喪禮的這一天，正是我的生日。

啊，利貝嘉！我不禁流下淚來。

我說過，我和利貝嘉曾經是要好的朋友。我依然記得，某一個夏日，我們在學校游過泳後，走在向下的斜路上。我們年輕的身體在微涼的黃昏中發熱；我看見利貝嘉的側面貼著濕漉漉的髮絲。整個世界像被橙黃色的雞尾酒潑濕了似的，清涼地燃燒起來。

那是我跟利貝嘉初相識的日子。我們是在大學迎新營中認識的。偶爾聊起來，發現彼此的中學原來就在數步之遙——聖母無玷與瑪利亞書院，我的在街頭，她的在街尾。連校服都差不多模樣，都是旗袍，一件淺藍一件白。

「如果早點認識你就好了，」利貝嘉笑道，「我們身形也差不多。交換校服穿，交換上學去，看老師認得不認得。」

「家政科就不行了，」我也笑了，「你的手工這麼好，我呀，連煎蛋也不會。」

「啊！我也不會煎蛋！」利貝嘉瞪大眼睛，教人不知她說真的還是說笑，「真的，我會做栗子蛋糕、牛角包，但偏偏不會煎蛋！」

「誰信你？」我往她額角一戳。

「真的！我只會用焗爐！改天烤一頭大火雞給你和你的小男友吃去！」說著，她忽然奔跑起來；一雙碎花搭帶布鞋在斜路上像飛舞的大蝴蝶。

「你說甚麼？」我也笑著從後面追上去了；眼角掠過途人的目光；他們彷彿不屑於我們的放肆。這麼多年之後，我不得不承認那可能是年輕的我的猜想。當時，我和利貝嘉以為，這個世界只屬於我們，或至少只屬於我們這個年紀的人。

「啊！」我追上去，拉著利貝嘉，「你看誰站在哪裡？」

我笑著，下巴往前方一點。於是我們又見到歷史系的國健站在大葉紫薇下。這已是這半個月來的第二次了。

「也許他要見的是你呀。」利貝嘉笑道，別過臉去。

「誰信？」我故意「哼」了一聲，「怎麼我一個人時他沒出現？」

我們裝作若無其事地走過去，國健也裝作若無其事地迎過來：「放學嗎？」

我們差點笑出聲音來；今天根本沒上過課，都蹺課了。

「是的，」我清一清喉嚨，「你呢？」

「我剛下課，肚子有點餓了，」國健笑道，「一起去吃下午茶？」

「你請客？」我把頭髮繞在耳後，「學校飯堂只得即食麵，雞腿甚麼的，利貝嘉不吃這些。」

「我知道的，」國健依然微笑，「你上次也是這樣說。我們到中環吃去吧。我先到前面截計程車。」

國健走開了，利貝嘉卻拿手肘撞我一下。

「怎麼啦？心痛嗎？」我低聲笑道。

「好像不太好吧，」利貝嘉皺眉道，「人家又不是我們的甚麼人。」

「怕甚麼？你看他多高興。」

國健正在前面努力地截車，不巧幾輪計程車都坐了客人。

「國健，」利貝嘉自個趨前，「其實我不餓。不如改天再吃吧。」

「哦……」國健的笑容僵在臉上。

「真的，回家還得做功課，改天吧。」利貝嘉把仍濕的長髮撥在一邊，像停留在肩上的一團雲；我看著國健的臉色由緋紅變成蒼白。

「你看你多殘忍。」我後來說，「他多失望呀。」

「給他無謂的希望不是更殘忍嗎？」利貝嘉抿一抿嘴，「他的學費是自己打工賺的，何必浪費。」

「你還真了解他呢。」我不禁笑起來。

「算了吧！他真的不是我那杯茶。」利貝嘉打了個呵欠。

「那麼，怎麼樣的人才是你那杯茶？」我笑著追問。

「不知道呀，」利貝嘉把終於乾透的頭髮束起來，露出頸後的碎髮，「不過歷史系真的不適合我！」

我應該從那時候開始，就知道利貝嘉與我的最大分別：她是個善良的人。很善良。

像利貝嘉這種人其實不太適宜談戀愛；然而這一天總會來臨，而且通常來得很突然。對方是另一所大學的學生會副會長，哲學系的，說的話我只明白一半。可是利貝嘉很快就將一把長及腰間的頭髮剪掉了，變成小男生似的。

「像不像《斷了氣》中的珍西寶？」她問。

「誰是珍西寶？」我伸手摸她腦後的短髮，像摸一隻刺蝟，一個新的小生命，「你知道我很少看電影。」

「改天我們一起看！」利貝嘉笑著避開我的手，「他有錄影帶。別摸哪，好癢。」

「你捨得嗎？」想起她以前那把頭髮，我簡直心痛，「一下子就剪掉了？」

「留了這些年，也悶了。」利貝嘉抓抓腮幫子，「自小媽媽就讓我留長頭髮，我也沒想過自己想要怎樣的髮型。怎麼樣，不好看嗎？」

「不是不好看，只是不習慣而已……這不是嚇了安娣一跳嗎？」

「她幾乎哭了啊！」利貝嘉大笑起來，「我一踏進門口，她便慘叫了。」

「看你這張嘴，這樣損自己的母親。」我一邊笑，一邊想：如果利貝嘉沒剪頭髮，這時的她大概可以用「花枝亂顫」來形容。現在倒像個頑皮的初中生。

「他叫你剪短頭髮？」等她笑完，我問。

「唔……也不是，」利貝嘉低聲說，「不過他喜歡看電影。」

「尤其是《斷了氣》？」我一笑，腦裡浮起利貝嘉男友的身影：高而瘦，黝黑的皮膚；笑的時候一抹劉海彷彿隨時刺進眼睛裡。

「嗯……」

我從沒見過利貝嘉紅過臉，於是轉個話題。

「後天交的功課，你做好了沒有？」

「啊！」利貝嘉如夢初醒，「甚麼功課？」

「T. S. Eliot "The Waste Land" 第一章，」我連忙從手提袋裡把筆記掏出來，「要分析哪，這裡不是寫著嗎？」

「糟了！我完全忘了！」利貝嘉慌起來，「筆記借我好嗎？我不知放到哪裡去了。」

「唉，」我嘆了口氣，「我借你吧。」

我把筆記掏出來，抬頭卻發現利貝嘉不見了。留神一看，只見她蹲在前面的草叢旁邊。一隻黃貓從草叢中伸出頭來。

「乖乖，你好嗎？」利貝嘉伸手逗貓。貓把鼻子湊近，嗅了嗅，又縮回去。貓身上的毛看上去也是濕漉漉的，想來是冷的。

我把筆記拿到利貝嘉面前。「拿去吧！我已做完了。」

「啊！謝謝！」利貝嘉站起來，就把筆記捲起來，插進褲袋裡，「用完還你！再見了，小貓貓！下次給你帶點吃的。」

說著，她就飛奔走了，轉瞬消失影蹤。我獨自站在校園的天空下，抬起頭，嗅到空氣中一陣隱約的青草味——天空滿佈密雲，只有一隅裂出一絲沒有溫暖的陽光；雨粉從四方八面飄來，看不到，觸摸不到，卻確實存在；涼的，腥的，濕的，刺骨的。正是下課的時候，同學從各個課室湧出來，漸漸充滿了校園。他們三三兩兩聚在一起，那些笑聲與嘆息忽然離我很遠很遠；我想拉一拉衣襟，卻發現自己原來沒穿外套。於是我急步向車站的方向走，不知自己要走到哪裡，只想讓身體盡快和暖起來。

艾略特說得對，四月是殘酷的月份。

是以，我只能以旁觀者的身分，看著墮入愛河的利貝嘉如何在水中時而暢泳時而沉溺。我沒有給她意見；不但是因為單身的我沒這個資格，更是因為我覺得過分介入別人的私生活不是我和利貝嘉之間的交情所會做的事。那不代表我們生分了；相反，那是我們彼此尊重的寫照。

於是，有一段頗長的時間，利貝嘉再沒有跟我到文華吃下午茶；她把時間花在電影和讀書會上。間中她也叫我一起去。我去過，不太抗拒但也不特別感興趣——這幾乎是我對大部分事物的態度。漸漸地我便習慣利貝嘉不在身邊的日子；我往圖書館借更多的書；連印度作家的英文作品也不放過。我改在宿舍的房間內自己沖泡伯爵茶；掌握了竅門，味道竟和在外面茶室喝的不差太遠。我還學識了做牛油曲奇。副會長沒空時，利貝嘉依然會給我焗蛋糕鬆餅，而我則借給她上課的筆記。利貝嘉改喝了咖啡。我給她泡了一杯，也讓她嘗嘗我做的牛油曲奇，她仔細地嘗了一口。

「已經很不錯了，」利貝嘉眼睛往上望，認真思索了一番，「唔……也許再添些牛油更好。」

「已經下了許多，」我笑道，「吃下去胖死了。」

「沒法子呀，」利貝嘉把餘下的半塊丟進嘴巴裡，拍拍手上的餅碎，「牛油和糖加起來要比麵粉多才行。好吃的東西都是邪惡的。」

我照著辦，味道果然有分別。利貝嘉的話是對的。

兩個學期過去了，利貝嘉帶著一張低分至邊緣的成績表、一頭往四處飛散的頭髮、一雙黑眼圈，回到英國文學專題史的課堂。她跟副會長分手了。

利貝嘉沒有告訴我分手的原因。我也沒有多問。課堂上，她坐在我身旁，把老師話裡的關鍵字眼抄下來。斷斷續續的句子和零散的詞彙像各不相干的沙石，佈滿筆記紙上所有的空位，看上去像被砍得坑坑窪窪的牆壁。

「沒想過你會選專題史這科。」下課後，我說，「我以為你讀完必修的文學史就算了。」

「沒法子，我之前蹺課太多，得罪許多老師。」利貝嘉揉揉眼睛，「只有這科的教授不知道我是誰。」

「噢，」我沒想過這點，「倒也是……只是你從來不喜歡歷史。」

話一出口我就知道自己說錯了。然而利貝嘉沒有作聲。

「報應呀。」過了好一會，她笑道，「這個學期還好，是女性小說史。如果是批評史就慘了。」

我也微微一笑。路過的同學跟我打招呼，我也向他們說聲好。

「是誰？」利貝嘉問。

「新同學，」我如實作答，「這幾個是一年級的高材生。」

「噢，」利貝嘉伸伸懶腰，「怪不得看上去乳臭未乾。」

我看著新生們圍著講師問長問短，彷彿英國女性小說是宇宙間的一個大題目，大關鍵。我不禁笑起來。

「笑甚麼？」利貝嘉問。我告訴了她。

「不過是兩三年前，我也是這樣的。」利貝嘉莞爾起來，搖搖頭，「讀高中的時候。」

利貝嘉保持著這個笑容，沉默地走到車站，跟我分了手。我沒有告訴她：課堂一開始，她拿起筆來抄寫時，我就發現了她腕上的傷痕。既然她不提，我也不問。

因為利貝嘉是我最喜歡的朋友。

當利貝嘉周旋於一個又一個的男友之間時，我認識了子超。說起來，也許算是託利貝嘉的福；因為利貝嘉熱中於戀愛，我多了時間泡圖書館，而子超是圖書館的兼職學生員工，本身讀工程。我們原本沒機會認識。

我把子超介紹給利貝嘉認識時，她正跟一個在文化評論界很有點名氣的傢伙一起喝咖啡。子超也認出來了，跟他頷首微笑。對方也適當地「嗨」了一聲，然後轉到另一張咖啡桌，背著我們，一邊吸煙一邊看書。我瞄一瞄書名，看不懂，大概是德文或法文。

「你好。」利貝嘉向子超伸手，「老聽她提起你。」

「我也是，」子超笑道，「老聽她提起你，鼎鼎大名的利貝嘉。」

利貝嘉「呵呵」地笑起來；重新長長的鬈髮梳成頭頂上的小

髻，掉下來的髮絮在腮後晃動。

「我們是好朋友啊，」利貝嘉繞著我的手臂，「不許你欺負她。」

「當然不會，」子超答，「我們是提早了的相敬如賓。」

我一邊笑，一邊又拿眼瞄過那一桌去。評論家正把書揭到另一頁；煙味蕩到這邊來了。直到我和子超離開，評論家都沒有再跟我們說話。

「你覺得利貝嘉怎樣？」之後，我問子超。

「真心話？」

「當然是真心話。」我說著，隨即改變主意，「不，先說些假話。」

「她很好，很友善。」

「那麼，真心話呢？」

「她很好，很友善。」子超笑道，「只是……怎麼說呢？她很天真。」

「這是讚美嗎？」

子超聳聳肩，「不知道呀，直覺罷了。才喝一次咖啡，能了解多少？」

我不作聲。

「怎麼啦？不高興了？」

「也不是。」我說，「只是在想你話裡的意思。」

「那你想到甚麼？」

「其實有時我有點羨慕利貝嘉。」我坦白說，「羨慕她敢作敢為。我知道我做不到。我沒那種勇氣。」

「唔。」

「你說她天真，我倒是沒想過。」我又說，「但也不能說你錯。」

「我剛才都說了，那只是我的直覺。不一定準確……不過……」

「不過甚麼？」

「我情願你沒有她那種勇氣。」子超看著我，「我會受不了的。」

「受不了，你會怎樣？」

「我會離開。」子超依然看著我，「我會非常傷心。但我一定會離開你。」

「別說了，」我笑著，別過臉去，「你的表情很可怕。」

「好了好了，」子超走到我跟前，兩手在臉上搓，「我換個表情好了。」

「行啦！」我笑道，「似乎你不太喜歡利貝嘉。」

「不，」子超握著我的手，「我很喜歡她。首先她是你的好朋友。而她本身也是很討人歡喜的，又漂亮又活潑。」

「嗯，」我試著緩和剛才的氣氛，「我吃醋了。」

「你不會的，因為那個是利貝嘉嘛。」子超「呵呵」地笑起來，「況且──不是有句英文老話？她不是我那杯茶。」

「這句話，利貝嘉也說過。」我說，「我說錯了，原來你們還挺投契嘛。」

子超搖搖頭，「我不喝咖啡的，心臟承受不了。」

我笑了。然而那個晚上我不停想著子超的話。我以為我很了解利貝嘉──也許我不是不了解利貝嘉。我只是不太了解自己而已。

子超其實也不是我想像中的那杯茶──即使我不相信世上有白

馬王子，至少也應該是個士紳；不相信英俊，至少也得慷慨，翩翩風度，懂享受。然而子超都不是；我只能說他很努力，努力地自食其力，也努力地生活：每天看報紙，也看本科以外的英文書；試著跟不同的人做朋友，學習他們的優點；間中穿上唯一的西裝外套，與我聽音樂會或上西餐廳；在能力範圍內幫助別人，也盡量不給別人麻煩。

第一次到子超的家作客，我驚訝地發現原來公屋單位是這樣細小；但也驚訝地發現男孩子原來也可以把自己的房間收拾得這樣整齊。子超的父親很早就過身了，家裡只有他和他的母親。那次是他母親的生日，我買了一枝淡色的香奈兒唇膏作賀禮。子超的母親是個樸素的人，然而還是歡天喜地收了。生日飯就在公共屋邨內的酒樓吃，子超付鈔，他的母親吃得很開心。

「我這就放心了。」她看看我，又看看自己的兒子，「可惜他父親看不到。」

「媽，你說到哪裡去了？」子超給她夾了一塊魚肉，「看有沒有刺。」

「我是太高興了。」子超的母親看著我，笑道。

「謝謝你今晚來。」那晚，子超送我回家時說，「母親很開心。」

「不用謝呀，伯母是個容易相處的人。」我說真心話。

子超不作聲。過了好一會，他忽然說：「你放心，我將來不會讓你住公屋的。」

我嚇了一跳，「我不介意……」

然而我隨即反問自己：我真的不介意嗎？

「不是你介意不介意的問題。」不知道子超是否有留意我的表情，他雙眼看著前方。「這是我對你，對母親，對自己的承諾。」

「謝謝。」我只好說。

再見利貝嘉的時候，她問起我跟子超。我想了一會，說：「老樣子，差不多。」

利貝嘉滿意地笑了。我說的固然是實話；即或我跟子超之間有甚麼問題，我想我也未必跟利貝嘉詳談。在她面前我的戀愛可謂乏善足陳，毫無精彩之處。而我們之間也不大作興訴苦。

「最近我在研究小點心。」

「小點心？」

「對呀，手指三文治之類。」她隨手便從民族風格的背包裡拿出一本英文食譜，印刷相當精美的。「牛油果蟹肉卷，好像不錯。」

我把書接過，看了幾頁，把視線移到利貝嘉臉上，「但你似乎瘦了。」

「對呀。」利貝嘉揉揉眼睛，「唸兩科，真累人。」

「你真的跑去唸法文啊？」我吃了一驚。之前也有聽她提過，但沒想過她當真做了。畢竟我們已三年級了，大部分人，包括我，都集中在本科上，確保一年後能順利畢業。

「法文好聽嘛。況且很多文化理論都是法文寫的。」利貝嘉把頭髮繞到兩邊耳後──她今天把髮界挑在中間，「是校外進修部的課程，現在才讀入門課，同學的年紀比我小一截呢。」

我忽然想起「天真」這個形容詞。然而，利貝嘉老是覺得身邊的人比她年輕。

「你還有空研究手指三文治啊？」我問。

「有人欣賞便行。」她笑著答。我從沒吃過她的手指三文治。利貝嘉好像看出我的想法，又從背包裡拿出一個綁了絲絹帶的紙盒。

「生日快樂！」利貝嘉笑道，「我沒有忘記啊！」

我嚇了一跳；隨即雙手接過。

「可以打開來看看嗎？」

「當然！」利貝嘉露出期待的眼神。我解開絲帶，打開紙盒，裡面裝了好些杏仁條，底下閃著光。我小心翼翼地把杏仁條撥開，原來是銀線繞成的貓形胸針。

「好漂亮！」我拿起胸針，別在衣服上。恰好我今天穿黑衣裳，銀貓伏在衣上，愈發顯得趣致。

「哪，杏仁條是我做的，一邊背法文生字一邊等焗爐的計時器響，凌晨兩時半哪！」

「謝謝你！」我由衷地說。

「哪裡的話。」利貝嘉呷了口咖啡，「為好朋友做點心是我的榮幸。」

我看著利貝嘉杯上淺淺的唇膏印，說：「可是，有時我也不想你太辛苦。」

利貝嘉輕輕把杯子放在碟上，看著我。

「我的意思是，凌晨兩點半焗杏仁條這種事。」我知道事情說白了，利貝嘉就聽不進耳，「多休息，對自己好些。」

我知道這已是話的極限。利貝嘉只低頭微笑，手指尖沿著咖啡杯邊打圈。我裝作若無其事地吃起杏仁條來。

「這個，配玫瑰茶最好。」我彷彿自言自語。

「子超懂這些麼？」利貝嘉忽然問。

「不太懂。」我老實說，「有時我教他。其實他喜歡吃雞尾包。」

利貝嘉「噗嗤」一聲笑了。我鬆了口氣。

「改天我做給他吃。」利貝嘉又把頭髮繞到耳後，「這個不難，應該比杏仁條容易些。」

「謝謝。」

「我得走了。」利貝嘉看看手錶，「法文科默書。嗚，多少年沒默過書了？」

「別忘記下星期測驗。」我說，「莎士比亞。」

「嗯。」利貝嘉把最後一口咖啡喝光，「記得了。」

我看著利貝嘉穿著長裙的背影匆匆而去，拐個彎，然後消失在校園的一棵老榕樹下。幾個月後，我在報紙副刊上無意中讀到一則消息：那個文化評論家訂婚了，女方是個台灣研究生。

我從圖書館的玻璃窗往外望；乍一看，老榕樹的葉子依舊茂密，然而留心些，便會發現那翠綠畢竟有點褪色了。

以利貝嘉的天資來說，拿個二級乙榮譽是沒道理的，然而她本人倒早預料了的。

「幸好，不是三級榮譽。」她拍拍胸口。

「說得也是。」我坦白說，「有寄應徵信嗎？」

「三兩封啦。」利貝嘉把成績單隨手塞進手提包裡，「不過我可能先去一趟旅行。」

我對她的任何決定都已不再感到驚訝。

「你呢？」她反問。

「下星期有一次面試。」我答，「一間藝術學院的行政部職員。」

「嗯。」利貝嘉把劉海撥到一邊，「蠻適合你的。畢業禮你會到嗎？」

「應該會吧，我爸媽已問過好幾遍了。你爸媽沒問嗎？」

「有呀，」利貝嘉嘆口氣，「可是我想去旅行嘛。」

「如果我不去，我爸媽不放過我呢。」

「我父母沒這個要求。」利貝嘉笑道。

「那麼，你想到哪裡去？」

「不知道，」她聳聳肩，「也許是南美。又或者東歐，也可能是柬埔寨。」

就在我剛過試用期不久，某一天，我偶然在龍子行碰見利貝嘉的父親與一個中年婦人手牽手在看煙斗──不是利貝嘉的母親。同一日起，利貝嘉的一篇柬埔寨遊記在《南華早報》上分三天刊登了。文章涉及貧窮、罪惡與歷史，雖然不算深入，但勝在文字清通流暢，也能捕捉些許異國風情與探險經歷。畢竟，在當年，到過柬埔寨的人不多，何況是一個單身少女。這篇遊記讓利貝嘉成為《南華早報》的專題記者。據說，之後的幾年，也有些學弟學妹仿效這種求職方式，只是成功的例子不多。

接下來，利貝嘉又寫了幾篇第三世界的專題遊記，算是小有名氣了。我很替她高興；認為她終於找到一份合適的工作。可是她告訴我可能會辭職。

「為甚麼？」

「我想試寫別的題材，例如本地勞工。可是總編輯不允許，說讀者沒興趣。」

「哦……」我大致上明白利貝嘉的話，只是有點答不上來。我只是一個行政人員，日常工作是製造文件，然後將之處理。

「他太保守了。」利貝嘉搖搖頭，把雞蛋黃和雞蛋白分開。「我後來發現，所謂第三世界遊記，不過是為了滿足精英分子的獵奇心態而已。」

「也許要等一等吧……不是今年……讀者可能想看些輕鬆的題材……」那是上世紀九十年代初，社會剛剛回復穩定。

「第三世界的情況並不是甚麼輕鬆題材呀。」利貝嘉瞪大眼睛，「我不想人們看完我的文章，說一聲『噢，可憐』，然後繼續吃喝玩樂。我的文章不是消費品。」

我不再答腔，專心打蛋白。

「你呢？工作愉快嗎？」

「還好啦。」我的工作確實是平平無奇。

「子超呢？」

「也差不多。」我想了想，「他考進了政府，工程部。」

利貝嘉低頭，把一小勺芝士醬放進口中試味。

「不錯。」她點點頭，「你的蛋白該差不多啦。」

於是我把打好的蛋白小心翼翼地混進利貝嘉的芝士醬裡。利貝嘉戴上隔熱手套，把焗盤放進焗爐裡。

「好，」利貝嘉笑道，「等一會有芝士梳乎厘吃。」

「這東西，還未吃，已開始消失了。」

「這就是梳乎厘吸引之處。」

我們看著焗爐內的梳乎厘逐漸膨脹，變成金黃；芝士香與蛋白香在狹小的廚房中逐寸逐寸瀰漫。這是一種儀式，我和利貝嘉之間的默契；誰也沒有開口破壞這莊嚴的氣氛。

「成了。」利貝嘉宣佈，打開焗爐，芝士梳乎厘出爐了。我趕快將之拿到外面，餐桌上早已佈置好茶杯碟子。利貝嘉拿著茶壺跟在後面。裡面是她喜歡的伯爵茶。

我們又沉默地吃起來，趕在梳乎厘崩潰之前吃光。那不過是瞬間的事。

「你這個廚房雖不很大，但東西都齊備了。」我抹嘴巴，滿足地噓一口氣。

「我找了好久啊。」利貝嘉拿起茶杯，呷了一口，「又要租金便宜，又要有個好廚房。」

腳底忽然傳來一陣癢癢的感覺；我低頭，一隻三色小貓擦過腳邊。我嚇得叫了一聲。

「別怕！」利貝嘉笑起來了，「忘記跟你說了，這是我的室友，喬治桑。」

「喬治桑？作家喬治桑？」

「對，三色貓是母貓嘛。」利貝嘉把貓抱起來，「剛搬來這裡時，有一晚下雨，我發現牠瑟縮在後巷的垃圾堆裡，身上的毛都是濕的，我就把牠抱回來了。」

「哦……」我試著伸手摸摸喬治桑的頭，牠很溫馴地任我撫摸。

「看來牠跟父母失散了，或是被父母遺棄了。」利貝嘉拿鼻子擦貓的額頭，「和我一樣哪！是不是，喬治桑？」

喬治桑果然「咪嗚」地應了一聲。我笑了，卻忽然被貓抓了一下。我連忙縮開，手背已是一道血痕。喬治桑跳到地下，轉過頭來看我一眼，彷彿我冒犯了甚麼。

「噢，沒事吧？」利貝嘉把頭湊過來看，「我也時常被喬治桑抓到的，看！」

說著，她拿起衣袖，露出手臂上幾道淺淺的抓痕。

「不痛嗎？」我自行掏出手帕，按著傷口。

「習慣了。」利貝嘉笑道，「算啦！你和牠是我最好的朋友。不過你更好，不會抓我。」

說完，利貝嘉自己哈哈大笑起來。喬治桑顯然沒理會利貝嘉的笑聲；牠走到另一張椅上，在坐墊上轉了一個圈，然後蜷起自己，把頭埋在肚子裡，睡覺去了。

然而，促使利貝嘉辭職的原因，是因為她忽然懷孕了。——說是「忽然」也許只是對我來說而已；對利貝嘉來說，或許是意料之中吧。

「不是的，」利貝嘉道，「完全是意外。」

我們坐在公園的長椅上。利貝嘉從口袋裡掏出一枝幼長的香煙，熟練地點上。

「抽煙對胎兒不好。」我忍不住說。

「我知道。」利貝嘉深深地抽了一口，「只是心煩。」

吐出了煙圈，她又用力地多抽了一口，然後把煙按熄了。

「孩子的爸知道了嗎？」

「知道又怎樣？」利貝嘉看著地面，「他幫不上忙。」

「幫忙？」我忍不住提高聲音，「他不是幫忙，那也是他的責任呀！」

「我不會跟他結婚。」利貝嘉又掏出另一枝煙，「即使他願意，我也不想。」

事情已超出我的理解；於是我沉默下來。

「這樣吧，」過了一會，我說，「我有個同事最近懷孕了，我問她拿母嬰健康院的資料。先看了醫生再說。」

利貝嘉不作聲，好一會才點頭。我接過她手上的香煙，學她一樣用力抽一口，卻忍不住咳嗽起來。利貝嘉哈哈大笑。

「算了吧！」她一邊笑，一邊擦眼淚。我裝作看不見。

「走吧！」我站起來，把煙丟進煙灰箱裡，「許久沒吃文華的司康餅了！現在吃去！我請客！」

我們走在黃昏的公園路上；鳥兒開始回巢，深藍的天空滿佈不住移動的黑點，讓我想起小時候見過的、圍棋的棋盤。那是祖父的棋盤。記憶中，他老愛一隻手拿著棋譜，另一隻手把棋盤上棋子移來移去。我從來沒見過他真正跟別人對弈過。

就在我和子超結婚前的兩個星期，利貝嘉誕下一個健康的男嬰。我把孩子抱在手中；他有利貝嘉的一雙大眼睛。

「多抱抱，」利貝嘉躺在床上，氣若游絲，「你就像他乾媽一樣。」

我把孩子的臉貼在自己的頰上，努力控制自己的眼淚不掉下來，免得嚇著寶寶。臨盆前，利貝嘉已決定把孩子交給他的生父。他們夫婦並無子女，對方的妻子摑了利貝嘉一把後，答應把寶寶視如己出。

我趁眼淚流下來前，別過臉去。只聽到利貝嘉說了句：「謝謝你。」

出院那天，孩子的生父和他的妻子來了。利貝嘉讓我把孩子交給他們。我叫利貝嘉抱抱孩子，她搖搖頭，看也不看孩子，便背起背包，轉身往另一個方向走了。我看著她的背影，想起之前一晚跟子超的對話：

「不如我們收養利貝嘉的孩子？」

「我不是沒想過。」子超嘆了口氣，「但對孩子來說，在那邊，至少還有親生父親。」

子超的話是對的。於是我抱著孩子，往事前約好的、醫院附近的小公園去。孩子的生父，他的妻子，還有子超，已在那裡等了。他們看到我和孩子，都站起來。我走過去，刻意留心那對夫婦的表情：男的在胸前不住搓手，女的反而伸出雙手想把孩子抱過來。她的眼睛一直盯住孩子，像盯住一個新奇可愛的物事。她沒向我望一眼。

我望向子超；他無聲地嘆了口氣，然後點頭。於是我放開手；熟睡中的孩子並不知道他的命運從此改變。他將會成為一對中年大學教授的獨生子，至少物質生活不成問題。婦人把孩子抱在懷裡，姿勢倒也純熟，只是過了一會才想到把臉湊近去。男人在旁邊只搬著脖子看，像是怕惹太太生氣。

終於，婦人抬起頭，向我和子超頷首，便抱著孩子轉身離開。男人跟在後面，走了兩步，忽然又回頭，從西裝口袋裡掏出一張紙，走到我面前：

「這些，給她補補身。請代我向她說聲對不起。」

男人把紙塞在我手裡。我還來不及反應，他已走了；他的太太早已在私家車前等。二人鑽進車廂中，絕塵而去。

我站在那裡，低頭一看，看見自己手裡的不再是孩子，而是一張輕飄飄的支票。一陣涼颯從腳邊冒起；我抬起頭，發現自己站在樹底下；幾片葉落在肩膀上，然後又無聲無息地滑過我的身體，掉在地上，死了。

子超走到我的旁邊：

「利貝嘉在車上等我們。」

我點點頭，卻挪不開腳步。

「我想吐。」我抓著子超的手臂。

「你還好吧？」子超挽著我。

「我不想見利貝嘉。」話從胃裡衝出，我無法控制，「我恨她！為甚麼把這種差事丟給我？我成了她們母子的罪人了！」

我聽到自己的聲音響遍小公園──那是相當陌生的聲音，彷彿一個我不認識的人，說出我想說又不敢說的話。

子超讓我在旁邊的石凳上坐下來，然後也挨著我坐下，甚麼也沒有說。樹葉的屍體在腳前打轉。是秋天了；我依然記得，知道利貝嘉懷孕的那一個黃昏，空氣裡有米仔蘭的香氣；而現在，我看著手上被揉成一團的支票，放開手，讓它隨風而逝。我知道利貝嘉不會要這些錢──我知道，這和她讓我把孩子送人一樣：因為我們是彼此最好的朋友。

我讓自己哭了一會，然後站起來，和子超一起走到泊車處，卻不見利貝嘉的蹤影。走近車旁，只見座椅上放了一束用樹藤紮起的小黃花；一幅鉛筆畫，上面畫了兩個在喝下午茶的女孩，旁邊有一隻貓。我把畫翻到背後，上面寫著：

「人在醫院中，無法準備禮物，只好將就成畫，聊表心意。誠心祝你生日快樂。你的利貝嘉上。」

我再次痛哭起來。

是的，畢業後第三年，我和子超結婚了。那時，他考進了政府部門當工程師，我則由畢業開始便在某家藝術學校一直當行政工作。我們買了一輛二手小轎車，也向銀行貸款買了一個位於市郊的、小小的單位；雖不是心目中理想的地段，但把省下來的錢用來裝修，倒也把房子弄得頗為舒適；又花了許多唇舌，說服子超的母親跟我們同住。婚宴是西式的，在文華東方設午餐宴。我很感謝子超母子的遷就；我知道他們原本打算擺中式喜宴。

可惜的是，利貝嘉無法當我的伴娘──很久很久以前，我們曾說過當彼此的伴娘。然而她剛生完孩子，身體還是十分虛弱；況且，我對她把孩子送人一事，仍有點耿耿於懷。

想了幾天，我還是撥了電話。利貝嘉說她不能來婚宴；因為當天下午，她就要上飛機到美國了。

「美國？」我以為自己聽錯，「你不是還在坐月子嗎？」

「我想到外面走走。」利貝嘉說。

「有人和你一起去嗎？誰照顧你？」我追問。

「有呀，」利貝嘉笑著說，「我和喬治桑一起去。可能會在那邊待上一段日子。」

「貓也去？你能照顧牠嗎？」我問，「你在那邊人生路不熟啊。」

「去碰碰運氣而已。」

我幾乎看見利貝嘉站在面前，聳聳雙肩，一副無所謂的樣子。

「甚麼時候決定的？」我問。就算她答我「昨天」我也不會感到詫異。

「幾個月前，」她的答案倒是出乎我的意料，「帶一頭貓出境，要花許多時間功夫啊。」

婚禮那天，花店送來一個精緻的玫瑰花籃和一個正方形大禮盒，上面附上一張卡片，裡面是利貝嘉的英文字跡：

「抱歉無法實踐當年諾言。誠心祝你們快樂。你的，利貝嘉上。」

我打開禮盒，是一個圓形珍珠白雙層結婚蛋糕，上面綴有珍珠粒，頂部是兩隻白色的蝴蝶。

「好漂亮！」來賓中有人忍不住喝彩，「是哪一家餅店的？」

「是我的好朋友做的。」我說。

「不是吧？要花多少功夫呀？」

「這個其實不難，不就是蛋白糖衣、糖霜、海綿蛋糕。」我笑著，著侍應把酒店預備的蛋糕放到另一旁，把利貝嘉的這個放在當眼地方。子超說：「哪有人批評朋友送來的禮物？」

我看著侍應把蛋糕放好，又親自過去整了整位置。利貝嘉做的，就等如我做的，我只是謙虛而已。

再次收到利貝嘉消息，已經是三年後了。那天，我和子超剛搬到新買的房子，全屋都是傢俬雜物。我和傭人收拾衣物，子超在客廳安裝電視。忽然他向這邊喊：「這不是利貝嘉嗎？」

利貝嘉？我連忙丟下手上的襯衣，跨過擱在地板的水晶燈，快步走到電視前，鏡頭剛好轉到另一則新聞。

「剛好調到這個台，就看見她上鏡了。」子超說，「好像說她是一個甚麼組織的發言人。她回香港了，沒聯絡你嗎？」

我沒回答，繼續收拾東西。那一晚，經過一整日的忙亂，子超早熟睡了；我卻毫無睡意。那真是利貝嘉嗎？我翻過身，面向床外；梳妝台上的相架放著我們的結婚照，在我們前方的，就是那個雙層珍珠白蛋糕。相架旁邊是小鬧鐘、幾本未讀完的書、水費單、公司的文件……我也曾經以為我會想念利貝嘉；的確，我有想念她的時候。只是時間過得太快了，好像沒想起過她多少次，三年便匆匆過去了。

利貝嘉沒聯絡我，也許是好的——不然，我到底要跟她說甚麼呢？告訴她我最近轉了工，升了職？告訴她我們打算要孩子，所以搬到一個三房單位？告訴她我們的舊單位租給了一對教書的夫婦，兩家人偶爾一起喝茶談天？還是告訴她子超計劃多讀一個碩士學位？這些，好像都跟利貝嘉沒甚麼關係啊。

我索性起身，走到廚房，在雜物中找到一盒麵粉；新買的冰箱裡只有牛油沒有雞蛋。沒關係，我把麵粉篩好，牛油切粒，加水快速搓成麵團，放到焗爐裡，做最簡單的司康餅。這個新的家是我揀的。首要條件就是廚房一定要有安放焗爐的地方。畢業了這些年，甚麼文學理論、文學史我早已忘了，倒是跟利貝嘉做過的蛋糕餅點，我記得一清二楚。等待鬆餅出爐的期間，我走到書架前，一眼就看見了塞在角落的《荒原》。我拿起書，隨手揭開：

「你的臂膊抱滿，你的頭髮濕漉，我說不出話，

眼睛看不見，我既不是活的，也未曾死，我甚麼都不知道，

望著光亮的中心看時，是一片寂靜。」

一個月後，我終於收到利貝嘉的電話。她的聲音聽起來還精神。寒暄了幾句，她說要出來見見。

「約在哪兒好呢？」我問。

「當然是老地方。」她說，「除非連文華東方也關門大吉。那倒不如世界末日還好。」

我放心了。她還是那種口吻。赴約那天，我站在全身鏡前，想來想去也想不到穿甚麼才好看。最後，我打開子超的衣櫃，順手拿出一件白襯衣穿上。子超從報紙中抬起頭來，「哈」一聲笑出來，「要不要打領呔？我開車送你過去吧。」

「不用了，謝謝。」我說。我跟利貝嘉認識的時候，子超這個人連影兒也沒有。

我和利貝嘉坐在咖啡桌的兩端；她看著我的襯衣，我看著她那周天娜式的、短得無可再短的頭髮，互相向對方微笑良久，然後不

知誰先哈哈大笑起來。鄰桌的太太們朝我們看。

「是子超的衣服嗎？」利貝嘉問，「你給他挑的？」

「我不回答你這個問題。」我說，「如果回答說是子超的，未免太乏味；倒不如不答，你猜猜看去。」

利貝嘉瞪大眼睛，看著我好一會，然後指著我大笑起來。這次連侍應也看過來了。我們笑得更響了。

不見幾年，利貝嘉看上去瘦了些，皮膚有點黝黑，兩眼因此顯得更大些；精神倒還不錯。她說，帶著喬治桑，在美國一邊讀書一邊打工，拉雜讀了些哲學、政治、環保、藝術等課程，也做過收銀、賣麵包等工作，錢雖不多，倒自由自在。

「那麼，你今次回來，是長住麼？」我小心翼翼地問。

「看情況吧，」利貝嘉聳聳肩，「我媽病了。」

「噢，安娣還好嗎？」

「不太好，腦退化症。我媽一生就只依賴我父親。父親一走了，她就甚麼都忘記了。」

「世伯過身了？」我嚇了一跳，「幾時的事？」

利貝嘉又聳聳肩，「就在我過美國後的第二年。肺癌，拖了好些時候才走，我媽比他更辛苦。」

我見過利貝嘉的母親。那時我們還在唸大學。她的母親是有那種穿運動服也像穿旗袍的氣質。事實上她從不穿運動服。利貝嘉的樣子倒是長得像父親。

「我人在美國，不知道她有病。」利貝嘉端起咖啡杯，「一個星期給她打一次電話，漸漸發覺她說話前言不對後語。後來拜託一位遠房親戚上門看看，才發現我媽忘記錢包放在哪裡，吃餅乾吃了四天。」

「幸好她還認得親戚。」

「她以為那是我呀。」利貝嘉笑道，「應該說，幸好家裡有餅乾。她平時就喜歡焗曲奇焗餅，我遺傳自她的只有這一樣。」

「那麼，伯母現在在哪裡？」我問。

「我安排她住進安老院。」利貝嘉嘆了口氣，「那兒都是差不多的老人。她在那裡，是個正常人。」

我無言。

「別說這些了，」利貝嘉呷一口咖啡，「這個，味道真好。」

我們又閒聊了一會，利貝嘉便說有事辦，要先走了。我看看手錶，離晚飯還有好些時候，便獨自坐在咖啡廳內。我沒有問利貝嘉的工作；既然是某個組織發言人，那總會在報上、電視上見到。我也沒有問她的感情生活；她想說的話，自然會告訴我。

至於我自己⋯⋯我的近況像履歷表內容，一眼讀透，沒甚麼可講的。

果然，在那以後，我便間中在報紙、電視上，見到利貝嘉有條不紊地講述某些政治理念。她的姿態與表情令我想起大學二年級那年，我們同一組作專題報告；我還記得題目是吳爾芙。利貝嘉不喜歡吳爾芙，可是她還是能站在講台上侃侃而談。我還記得那天利貝嘉穿了一件男裝汗衫；那時候，女穿男裝還未流行。白教授一直皺起眉頭；但最後他不得不給我們一個頗高的分數。

我把電視的聲量調高，專心聆聽利貝嘉的話。大抵是批評現時政制導致社會貧富懸殊，必須加快民主步伐，才可改善官商勾結的情況。

「政制與民生問題並不對立，也不存在孰先孰後的問題。」利貝嘉托一托眼鏡──我從未見過她戴眼鏡──純熟地唸出這些話。我不自覺地咳了聲。子超問：「幹嗎？」

我沒回答。子超不會明白：我們這種讀文學的老派人，對於語言自有要求。像「不排除」、「不存在」這些新派詞彙，是連英文系老師也不接受的。不知利貝嘉從哪裡學來。況且甚麼「資本主義」、「政制」等也不是讀文學的人所長。我站起來，把電視關上。

就是這樣，利貝嘉在本地小小的評論界中，成為有名的一員了。報紙甚至開始報道關於她的小道消息：某個新興政黨的副主席是利貝嘉的男友，很年輕，和利貝嘉站在一起像兩姐弟。幾乎每晚我都在電台上聽到他們的聲音，不是當主持就是當嘉賓，偶爾也在電視上接受訪問。

「他們走紅了。」我說。

「甚麼？」子超望著電腦屏幕。

「利貝嘉和她的男友。」我繼續說，「連我這種政治冷感的，都知道他們。」

子超停下打字的雙手，轉過頭來看著我，「但我聽不出你話裡有高興的意思。」

「我總覺得……這不適合利貝嘉。」

「你是說從政？還是有個從政的男朋友？」

我想了想，「兩樣都不適合。」

子超微微一笑，又回到他的電腦工作上。

「你笑甚麼？」我有點生氣，「我當然知道那是利貝嘉的選擇。別總是裝出一副洞悉一切的樣子。」

「你為甚麼生氣？」子超把手提電腦合上，「你是生我的氣呢？還是生利貝嘉的氣呢？」

我不作聲，站起來走到露台。外面是秋天了，昨日還是翠綠的草坪，一夜之間竟枯黃了。我在生利貝嘉的氣嗎？我為甚麼生她的氣呢？因為她總是不懂得保護自己。因為她的聰明害了她，令她誤以為自己能改變這個世界。因為她從來沒有成長過，彷彿還是讀書時的老樣子，而所有人，包括我，已經被社會訓練得人情練達，世事洞明──憑甚麼她就有這個特權？

我站在那裡；風吹過臂膀，我打了個寒顫。

子超走過來。我裝作若無其事：「外面公園的草坪都枯黃了。」

「嗯，」子超答，「昨天我見到管理員在噴殺蟲水。」

「我以為是秋天到了。」我嘆了口氣。

「秋天的確到了，只是事情的原因往往不只一個，也往往不夠浪漫。」子超說，「就譬如說，你不會總是明白利貝嘉在想甚麼。因為你不是利貝嘉。讓你做她，你不會快樂。」

「我知道，我沒有這種膽量。」我無奈地說。

「不是膽量的問題，」子超在我身後按著我的肩膀，「問題是，為甚麼你總要拿自己跟她比較？你為甚麼不能喜歡自己多一點呢？」

之後，我還是常常在報紙上讀到利貝嘉和副主席的消息——他們的婚訊也是在報上讀到的。發佈的場合是男方的新書發佈會。新書書名是《後資本主義時期的政治角力》。我把報紙拿給子超看，子超瞥了一眼，發現一宗我沒留意的事：「沒有蛋糕。」

後來，逛書店時，我見到這本書放在當眼位置，便隨手揭了幾頁。裡頭多是些數據、圖表，文字不多。抬起頭，書店牆上的螢幕正無聲地播著副主席的訪問節目。電視是消音的。

「我的政治理念很簡單，就是反建制。市民如今還未意識到建制對他們的綑綁。他們也許有不滿，然而反抗意識不夠。我就是他們的代議士。」

看著副主席無聲地開合嘴巴，讀著字幕上那些偉大的論述，一種奇異的感覺在我身體裡瀰漫，彷彿那只是尚待配音的片段，誰也可以照字幕讀一遍。我把書重新插回書架上。

毫無意外，副主席宣佈參選議會，而「才女利貝嘉」就是他理所當然的助選團主任。看著他們的合照，我忽然覺得利貝嘉的身高矮了一截——她明明比我還高些。這年頭，誰也是「才女」。這種稱謂放在利貝嘉身上簡直是侮辱。

「他們不會成功的。」子超說。

「為甚麼？」我問。

「不專業啊。根本沒有具體政綱，只一味的批評。」

「可是副主席的電台節目很受歡迎啊。」

「那是因為這個社會犬儒太多而已。」

我沒想到子超也會用上這類字眼——事實上我由始至終都不關心誰當選。我只關心利貝嘉一個。他們簡直是假結婚。不是因為我對這個男人有多了解，而是，稍懂人情世故之人，都見過這些例子——為了各式各樣的理由結婚，並不罕見。只是我搞不懂利貝嘉是否真不知道。如果她是明知而為，這對她又有何好處？

然而我沒向利貝嘉提起——我不配。我對她有過妒忌，還有甚麼資格說她——連我自己都懷疑自己的動機。

是以，我和利貝嘉見面時從來不提這些；在我們之間的，永遠是咖啡、點心、茶具與蕾絲餐桌布。有一次，沒架眼鏡的利貝嘉獨自來我家，給我帶來一束花。

「上人家家裡，一般不是帶水果、糖果的嗎？」我笑道。

「帶來沒問題，只怕你不吃而已。」利貝嘉裝出一本正經的模樣，把跳舞蘭插好，然後把花瓶放到我旁邊的小几上。我這才發現她手上沒有結婚戒指。

這一年的秋天，利貝嘉的母親過身了。喪禮在鬧市中一家小小的天主教堂中舉行；除我以外，來者只有幾名年老的女士，看來是利貝嘉僅有的親戚了。成為議員的副主席沒有來。神父用英文帶領禱告。利貝嘉沒有哭。

我有點放心不下，在喪禮後的一個星期到利貝嘉家裡探望。喬治桑走過來擦我的腳；我彎身摸牠，感到牠的皮膚鬆垮垮的，毛色也不如以前的光澤。喬治桑的背後是利貝嘉的房間；我忽然發現裡頭放著的是一張單人床，床邊只得一雙繡花拖鞋。

利貝嘉從廚房裡端著白瓷茶壺出來了；我不敢多問，俯身把喬治桑抱在懷裡，搔牠的下巴。喬治桑的喉頭發出「咕嚕咕嚕」的聲音。利貝嘉把茶壺放好，看著我們。

「喬治桑很乖。」我說。

利貝嘉點點頭。「不過，牠生病了。」

「甚麼病？」

「腎病。」利貝嘉伸過手來，把喬治桑從我懷裡接過，把臉貼在貓的背上，「天天要吃藥，打皮下水。」

「噢……」

「牠一直陪住我，這些年了。」利貝嘉眼睛一紅，「牠快要離開我了。」

連在母親的喪禮上也沒有流淚的利貝嘉，此刻卻為了一頭貓哭起來。喬治桑在主人懷中舒適地躺著，並沒有為自己的病情擔心。

「乖乖，吃餅乾嗎？」利貝嘉撕了一小片軟曲奇，遞到喬治桑面前，喬治桑果然吃了。

「貓不能吃曲奇吧？何況牠有腎病。」我說。

「喬治桑一向喜歡吃我做的糕點，」利貝嘉拿手背擦眼淚，「反正時日無多，牠喜歡吃甚麼便吃甚麼吧！對嗎，喬治桑？」

喬治桑忽然從利貝嘉的懷裡跳到地上，走到一角蹲下，用心地舔自己的身體。

「來！喬治桑，你也來吃下午茶。」

利貝嘉走進廚房，端出貓食，然而喬治桑只走近嗅了嗅，便毫無興趣地走開了。我分明看見盛貓食的小碟子是韋奇伍德出品。

利貝嘉嘆了口氣，然後抱起喬治桑，用手指梳牠的毛──我很久沒見過利貝嘉由衷的笑容了。

當利貝嘉告訴我她已經離婚時，我一點也不覺得驚訝──我對於她感情上的跌宕已有免疫能力。倒是她說她已辭去那個政治團體召集人職位，我卻有點擔心。首先是收入問題（雖然這類政治團體收入並不高）。其次是，這幾年，看她的文章，我知道利貝嘉認真相信自己所說的話，縱然我對她所說的並不熟悉，也不熱衷。

事實是，這幾年，我也有我的煩惱。我和子超都希望有孩子，然而就是沒有。中西醫各看了好幾個，也小心飲食。然而就是沒有。子超常勸我說：有沒有都不打緊。但其實我知道他想當父親。他只是不想給我壓力而已。

這一天，踏出婦科診所，迎面而來一個婦人，拖著一個七、八歲的小男孩。大大的眼睛。我站在街頭，忽然覺得風大，便拉緊衣襟加快腳步。冬日的陽光絲毫沒半點暖意；它只是光，透明的、稀薄的、乾燥的。我想隨便找一家咖啡店歇息；卻走了好幾個街口，才找到一家小店坐下。

熱咖啡雖不算美味，但咖啡因總算讓我的頭痛舒緩過來；於是我忽然想起抱著嬰兒的感覺……那種觸感穿過七、八年的時光，回到我的臂彎。我彷彿在咖啡杯裡見到那雙大大的眼睛。

我想了許久，直到咖啡涼了，終於給利貝嘉打了電話。利貝嘉在那頭哽咽：「謝謝你打電話來，喬治桑不行了。」

我連忙坐計程車過去。按了好幾次門鈴，利貝嘉才開門；一條黑色大毛冷頸巾重重圍著她的脖子，更顯得她臉色蒼白。

「喬治桑剛走了。」利貝嘉抹眼睛，「在那邊。」

我望向屋內，只見貓躺在地上的小毯上，像睡著了似的。我走過去，摸一摸牠的身體；皮毛依舊柔軟，卻失去光澤。雙目緊閉，嘴角有點污垢。

利貝嘉蹲下來，把貓抱起，臉埋在貓毛中，然後坐在地板上痛哭起來。我坐在她的旁邊，默然不語。

那不過是一頭貓，利貝嘉。我心想，但沒有作聲。我尊重利貝嘉的情感，包括那些我不懂的情感。往事忽然在腦海中如快鏡掠過；然而在那些鏡頭中我都沒見過利貝嘉如此失聲痛哭。

我看看手錶，已經十五分鐘了。我決定不讓她繼續下去，便起來，斟了一杯暖水，拍拍她的肩膀。

「好了好了，」我勉強微笑，「先喝點水。」

利貝嘉依舊攬著喬治桑，似乎聽不到我的話。

「你這樣，喬治桑走得不安心。」我改變策略。這次似乎奏效了，利貝嘉抬起頭來。眼淚鼻水披滿一臉，雙眼和鼻子彷彿腫大起來，簡直有點失態了。我連忙遞上絞熱的毛巾。利貝嘉輕輕把貓放回毛毯上，把毛巾捣住臉，發出「嗚嗚」聲。那不是哭，那是低沉的嗚叫，如受傷的動物。

又過了一會，我說：「現在我們把喬治桑好好安放，好嗎？」

利貝嘉再次抬起頭；這次她終於點點頭，站起來，從房間裡拿出一個小藤籃和一個白色木盒。

「我早就預備好。」利貝嘉擤一擤鼻子。

「你做得很好。」我小心翼翼地說。

利貝嘉找來一塊白色麻布，把喬治桑輕輕放在籃子裡；然後又把花瓶裡的白色康乃馨拿出來，拔出花瓣和綠葉，鋪在喬治桑的四周。然後，我把藤籃放進木盒裡。

「哪裡好？」我問。

「樓下小公園，大榕樹下。」利貝嘉又再擤鼻子，「現在人多，等晚上。」

我們坐在客廳的兩端。利貝嘉仍間中飲泣。我看出窗外，看著太陽一點點地消失在厚厚的積雲後，一點點收斂光芒。外面的大廈本來是灰白的，如今更是連白也無，只有黯淡的、陳舊的灰色，逐漸消失在暮色中。

「為甚麼不下雨？」利貝嘉忽然說，「下一場雨，好把世界沖乾淨。」

這偏僻的住宅區只有幾盞街燈散發白光，照在地面竟如人工的月色。我們來到大榕樹下。

「讓我來。」利貝嘉把木盒輕輕放在一旁，接過我手上的泥鏟，蹲下來，開始掘洞。

「掘深些，」她對著泥地說，「不然雨水一沖，就露出來了。」

我站在她後面，對著空氣點頭。榕樹下飄來點點水珠，不知是下雨還是樹的霧氣，反正是一樣的冰冷。

「喬治桑，這裡是你永遠的家了。」利貝嘉把最後一撮泥撒在木盒上。「我們將來再見。」

我扶她站起來，默然送她回家，看著她簡單梳洗過，上床睡好。我替她拉好被子。

「我想說，」利貝嘉忽然張開眼睛，看著我，「將來，我死了，不用甚麼儀式，就把我燒掉，跟喬治桑一起撒進海裡，好嗎？」

「別亂說，」我幾乎沒掩著利貝嘉的嘴，「別胡思亂想。」

「不，我認真的。」利貝嘉揭開被子，坐起來，「我死了，你不必難過。我想我以後不會再養貓的了，應該不會太麻煩。」

「利貝嘉，別說了！」我坐下來，坐在床邊，以命令的語氣掩飾傷感。

「你得答應我。我再也沒有其他親人了。」

「好的，」我無奈，「我答應你。」

利貝嘉忽然笑了，重新躺下來，然後閉上眼睛。不久她就睡著了。我悄悄鎖門離開；獨自回家。

到家時，子超給我開門：「到哪裡去了？這麼晚。」

我沒回答，逕自走到睡房，把自己丟在床上，幾乎馬上就睡著了；彷彿掉進一個沉默的泥沼裡，裡面沒有聲音、知識、思考，甚麼也沒有。

在那之後我時常想起利貝嘉，卻再也拿不出氣力去面對她。我替自己找到另一份工作，在一家國際企業中當傳訊部總經理，待遇比以前好，更重要的是我終於有了屬於自己的秘書和辦公室。第一天上班我坐在椅子上，目光越過眼前的電腦屏幕，穿過玻璃房門，看見幾個年輕的員工在外面往往來來。他們穿著整齊的套裝，男的打領帶，女的及膝西裝裙，都是連鎖店貨色，幾百塊錢一套，彷彿那就是他們的事業和成就。我無意中瞥見玻璃上自己的反影；我身上的套裝是他們穿的幾倍價錢。我臉上的淡漠比他們臉上的老練幾十倍。總有一天我身處的房間會成為他們其中一個的辦公室，而我則如所有我見過的老人一樣，要麼像白頭宮女般絮絮叨叨地訴說前塵往事，要麼以沉默的微笑築成一個尊嚴的外殼把自己嚴密包起。一切如玻璃門般，透徹，堅硬，無可改變。

午膳時分，秘書戰戰兢兢地敲門進來，看看我是否要訂位或買外賣。我看著她的臉好一會；她的神情、她那種笑容，告訴我她也是個不安份的。我微笑搖頭，說聲謝謝，逕自推門離開。街上的冷風讓我想起自己把大衣留在辦公室；我把衣襟拉緊，踏著高跟鞋如同踏著靈活的、只有自己明瞭的舞蹈，穿過人群，快步過馬路，走向文華咖啡室。高跟鞋跟敲在雲石地板上的「咯咯」聲是多麼熟悉；服務員臉上的笑容彷彿令我感到自己不但是這裡的熟客，而簡直是朋友與親人。我把鬆餅和熱咖啡帶回去，關上門，呷一口咖啡，嘆了口氣。辦公室裡有恆溫暖氣；於是嘆息化不成白煙，無聲無息地消失了。

好幾個冬天就在這種淡漠中無聲地過去；把大衣收起來的這一日，我在樓下平台的花圃上見到兩隻小貓，像手掌般大的，一頭虎紋，一頭灰黑相間。我站在那裡看著牠們；虎紋貓在跟自己的尾巴玩，灰黑貓怔怔地看著我，似乎還不懂得害怕。

「你在幹甚麼？」

身後忽然傳來聲音。這時我才意識到自己本來正微笑著。我轉過身去，見是一位中年婦人；看上去不像這裡的住客。

「你在幹甚麼？」她又問。

「沒甚麼，」我調整一下自己的表情，「看看而已。」

大概我的樣子看上去也不像變態狂徒或愛投訴的人吧，中年婦人打量了我一下，也沒說甚麼。她走到花圃前，打開手裡的膠袋，往裡頭抓了一把東西，放在貓面前。該是貓餅。貓嗅了一嗅，便吃起來。婦人兩手放在背後，看著貓把餅吃光，揮手把牠們趕開，又把餅碎掃在手中的紙巾上，包起丟在垃圾桶中。我趁她未回頭時轉身離開。或許她仍在我身後看著我，確定我對貓沒有惡意才走也說不一定。我知道這些人的想法，因為，我知道，利貝嘉如今或許就在另一個地方，餵著另一頭貓。

春天，是萬物繁殖的季節。小貓躲藏的地方開滿了千日紅和小黃菊；遠處一群幼稚園學生放學，排隊走出校門，投向外傭的懷抱。屋苑的保安經過，彷彿要巡視這個場面有何可挑剔之處。我回頭，走到花圃旁；女人已經不在，貓也不見了。我站在那裡，直至保安遠去。

暑假即將結束的一個晚上，另一個大學同學打電話給我，告訴我說我們的古偉時教授過身了。古教授是英裔印度人，家人都在英國和印度。由患病到身故，他都獨自在香港生活，間中有學生去探望他，他總是穿起西裝，梳好頭，穿上鞋襪才開門見客。我只上過古教授的一門課，跟他不算很熟；知道他病重，跟著大伙兒去看他。古教授見到我，居然記得我的名字。那是我相隔十多年後第一次見古教授，也是最後一次。

「喪禮在下月初舉行。你能通知利貝嘉嗎？」

我想不到拒絕的理由。大家都知道，大學時代，我和利貝嘉感情最好。

拖到翌日晚上我終於打了電話，然而打了兩次都無人接聽。就在我打算放棄時，電話響起來了，是利貝嘉回電。她說，真抱歉這麼晚才回電，剛才到街上辦些事，沒帶電話在身邊。我告訴她古教授過世的消息和喪禮的詳情，利貝嘉在電話的那一頭默默地聽了。我把事情交代過後，一時竟想不出還有甚麼可講的。倒是利貝嘉說在報紙上見到我的照片；那是我代表任職機構接受的訪問，為公司最近的一次慈善活動宣傳。

「工作而已。」我如實說。「那麼，古教授的喪禮，要一起去嗎？」

「未必順路呢。我半年前搬了，不住港島區了。」

「啊？怎麼我不知道？」話一出口我就知錯了。她沒告訴我自然有她的理由；這些日子以來，我又何嘗關心過她呢？

「搬到哪裡去？」我轉話題。我所知道的利貝嘉從沒離開過港島區。幾乎是一過海便迷路。

「元朗，村郊。」

「元朗？」我有點吃驚，未免想到利貝嘉是否有經濟問題。但她的聲音聽上去很平靜。

「地方很大的。」她在那一頭笑道。

「哦……那麼……古教授的喪禮我們各自出席吧。」我只好說。

古教授安息禮的那一天，我站在教堂外的小花園中，一邊跟大學同學寒暄，一邊留意大門口。終於，一個熟悉的身影出現了；利貝嘉穿著黑色長風衣，黑色長褲，黑圓頭鞋，明顯消瘦了；頭髮剪成齊耳長度，露出尖尖的下巴，雙眼更顯得大了。她獨自前來，也沒有人認出她。

「利貝嘉！」我朝她大喊，然後發現自己有點興奮。我喜歡利貝嘉。由始至終。

「呀。」利貝嘉聞聲停下腳步，望向我，臉上泛起微笑。

「好久沒見。」我丟下眾人走過去；利貝嘉依舊站在那裡。今天的她不施脂粉，顯得有點蒼白。許是穿著黑色衣裳之故。

「真的，好久沒見了。」利貝嘉說。我們並肩走到花園中的榕樹下，坐在樹下的長椅上。這一天的陽光很好；天氣乾燥，照得園中花草像會「咧咧」作響。眼前是幾個大學同學，三兩個小圈子在聊天。一切彷彿回到大學生活的時光；然而眾人的黑衣裳和臉上的憔悴，告訴我中間已過了許多年了。

「你好嗎？」我問。

「我很好。」利貝嘉的臉上依舊是那種淡淡的笑容，「不錯。」

我看著她；這個利貝嘉我沒見過。往日那種尖銳的稜角不見了，變成一種柔和的光芒。我相信她說的「不錯」是真的。

「上次見古教授，他精神還好。」我搖頭笑道，「想不到再見不到了。那次他還穿著三件頭西裝呢，在他自己的家裡。」

「深藍色條紋那套吧。」利貝嘉笑道，「他最喜歡了。」

「你記得真清楚。」

「我去看過他。」

「啊。」

「是的，這幾年，隔一兩個星期就去。」利貝嘉抬起頭，讓樹蔭落在她的臉上，「一個人去。」

我無言。不過這也像利貝嘉的作風。

「不過喪禮日期我倒是不知道，我沒跟其他同學聯絡。」利貝嘉望向我，「謝謝你通知我。」

「沒想到你跟古教授的感情這樣好。」在我記憶中，讀書時期，利貝嘉跟古教授算不上特別投緣。

「只是湊巧而已。古教授覆診的醫院就在我的舊居旁邊。那次我在醫院門口碰見他，才知道他病了。」

我想像那情境：古教授獨自步出醫院門口，遇上同樣獨自一人的利貝嘉。

「你現在在哪裡上班？」我中斷自己的想像，轉個話題。

「哪裡都沒有。」利貝嘉笑道，「我是無業遊民。」

「啊？」我一時間分不清她在說笑還是認真。「只怕是你要求高吧？總要合乎理想的。」

「也不是。」利貝嘉搖搖頭，「夠用就算了。」

「噢，」我忽然發現利貝嘉的外衣上沾了一條毛，替她拿掉，「你又養貓了嗎？」

利貝嘉搖搖頭，「噗」一聲笑起來。「只是給牠們一點食物而已。這條毛，應該是羅琳的，牠特別饞嘴。」

「羅琳？《哈利波特》？」

「嗯，」利貝嘉又笑了，「女作家的名字不夠多。是時候了，進去吧。」

我們站起來；風吹過，飄來一陣草腥味。我忽然想起那個夏天；在醫院裡，榕樹下的石凳上。

「走吧。」我把自己從回憶中拉回來，「見古教授最後一面了。」

踏入禮堂，只見古教授的遺照在對我們微笑。是的，古教授是個紳士，說話永遠不高聲。離開課室時永遠讓女生先走出門口。稱呼別人永遠在前面加上"Mr."、"Ms."，連學生也不例外。這樣的老先生離我們遠去，也離時代遠去了，只餘我們這群每日在街上匆忙趕路的人，就這樣趕走了一生。

一直到利貝嘉離開人世後，我才想起：我跟利貝嘉在喪禮上碰頭的次數也未免太多了吧？只有已逝的人和事才能把我們拉在一起嗎？我和利貝嘉的友情也許一直停留在過去的日子裡；在那裡，我們是多麼的相似，無論發生甚麼事，都會互相接納和原諒。然而現實是我們都長大了，各自有自己的路；如果我夠成熟，其實不必勉強自己完全明白利貝嘉的所為，也可全然擁抱她的。可惜我做不到。我竟以為必須一如過往對她仰慕，方可接納她那些我不明所以的行為和生活方式。很久很久以後，我又想起：子超曾經用「天真」來形容利貝嘉；身為她的好朋友，我又何嘗不天真？尤其是，子超說這話的時候，正值我和利貝嘉最單純的年華。或許我一直都搞錯了：我以為利貝嘉沒有成長，我有。其實正好相反。

當時我並沒想到這些。我只以為，我和利貝嘉久別重逢，友情不變。於是，喪禮過後的一星期，我主動打電話給利貝嘉，說要到她的新居坐坐。

「當然是歡迎的，只是路途遙遠，怕你不慣。」利貝嘉說。

「沒關係，我好像沒到過元朗呢，趁機來看看。子超喜歡吃老婆餅，那餅家的店不就在元朗？」

「那兒是市中心，離我家遠著呢。我就在餅店門口接你吧。」

當我到達利貝嘉元朗的家時，我終於明白她說的「路途遙遠」不是客套話。她住的地方遠離元朗市中心；我從不知道香港也有這等地方──計程車在鐵皮板的夾道上顛簸，響起「礫礫勒勒」，是車輪碾過碎石的聲音；每拐一次彎路就更窄一些，也沒有路標、指示牌。我完全不知道自己要到甚麼地方，而利貝嘉必須每隔數分鐘就向司機說明方向。離開窗明椅淨的鐵路車廂不過半小時左右，我彷彿到了另一個空間；唯一能做的就是一手捉緊車門上的扶柄，另一手緊緊抱著餅盒，盡量不讓裡面的老婆餅震得過於粉碎。只有那餅盒傳來的微熱，告訴我這裡還是地球、香港、元朗。

「小心！那隻狗要跑出來了！」利貝嘉喊道。司機「咇咇」地響起咹，狗就匆忙躲回路旁的草叢裡去。是一條黑色的、瘦削的唐狗。

「幸好是日間，若是晚上，怕見牠不到呢。」利貝嘉說。我無法搭腔，只好勉強一笑。

那天晚上，我回到自己的家裡，把自己丟到花灑下，讓熱水從頭到腳沖洗身體。或許我在浴室的時間太久了，後來子超在外面敲門，我才關掉水喉，更衣出來。大概是讀到我的神情，子超搔了搔頭，找些話來說：「老婆餅，很好吃。」

「都碎了。」我勉強回答，「不好意思。」

「別介意，碎了的老婆餅依然是老婆餅。」子超勉強一笑。我沒理他，回睡房去。

子超跟進來，卻沒問甚麼。我感激他的體貼，但卻真的不知從何說起。燈關上了，我看著天花板，身邊漸漸傳來子超的鼻息；我閉上眼睛，忽然聽到利貝嘉的聲音。

「你那個晚上打電話來，我剛好到這裡餵貓。」我看見利貝嘉兩手放在背後，緩緩地踱步，「晚上，這裡很多野貓。我和隔壁的兩位鄰居太太，每晚給牠們餵食。」

然後，利貝嘉轉過頭來，望著我，忽然莞爾一笑。我的表情一定很古怪；我為自己讓她看穿而懊悔。我應該掩飾得更好。

我張開眼，發現自己做了個夢，夢裡，真實的事情重現一遍。

「喂，」我拍拍子超的肩膀，「睡了嗎？」

「唔？」子超含糊地說，「甚麼事？」

「……沒甚麼。」我想把今天的事告訴子超，但又不知從何說起。難道我對子超說：「利貝嘉瘋了」嗎？

「沒甚麼了。」我嘆口氣。

「利貝嘉，好嗎？」子超咳了一下。

「……我說不上來。」我想了想，決定如實回答。

「那麼，她快樂嗎？」

「這……」我又想了想，「看上去，是快樂的。」

「那不是已經足夠了嗎？」子超的聲音聽上去清醒多了。

「可是，」我發現自己嗚咽起來，「可是，我不明白！她寧願獨自一人住在元朗，每晚去餵貓！」

「只要她高興，就可以了，對嗎？」子超轉過身來，臉朝著我，「總有些事我們不明白的。」

「可是……」我坐起來，把床頭燈開了，打開抽屜，把那本習作簿遞給子超。子超隨便揭了揭，便還給我：「食譜？」

「這不是普通的食譜，這是利貝嘉手寫的食譜，她的珍藏！她竟送給我作生日禮物。」

「你的生日還沒到……」

「這本食譜，她從不借人，也不讓人看。連我，以前也只在她面前揭過一次。」我拿手背抹眼睛，「她連這個也送給我……」

「是不是你想得太多呢？」子超也坐起來，「多些去探望她就成了。」

「她已經不是以前的利貝嘉了！她為甚麼要過這些生活呢？那些不過是貓！」

我掩著臉，說不出自己是生氣還是悲哀。

山上的新居旁邊是一個小斜坡，那兒住了一群貓。牠們該是來自同一家族，同樣是灰色的，有些有花紋，有些沒有。每天早上上班，我看見牠們聚集在鐵絲網後的樹下；每晚黃昏回家，我看見牠們蹲在石塊上。夜裡，我總是聽到貓叫聲，有時咆哮如猛獸；有時嘶啞如失聲的婦人；也有時淒涼如嬰孩嚎哭。這時，我總會撥開窗簾，看出窗外；天空有時橙黑，有時深灰，但都沒有星。也看不見月亮；雲層密不透風，把天空完全遮掩。整個城市都熟睡了，只有貓清醒。

清醒的，還有我，和利貝嘉。我看看床頭小鐘；凌晨三時半。利貝嘉說過，餵街上的貓必須挑行人最少的時候。

這夜，我再次醒來，無法入睡，起床給自己倒了杯水。經過書房旁邊那個小房間的門口，我推門進去。夜色中，空無一物的房間倒有月色映進；一道銀光，只得手掌寬，緩緩在窗台上轉動。

身後忽然傳來腳步聲。子超替我披上外衣：「怎麼了？」

「沒甚麼。」我說。他當然不會相信；這個小房間一直留作嬰兒房用；一直丟空。

「記得大學圖書館那道小窗嗎？」子超忽然說。於是我想起那棟英式大樓；閣樓那道小窗。我彷彿看見年輕的自己坐在那裡，前面的書桌放了一本本紅色硬皮大冊，是英國文學史。

「記得。」我轉過臉去，「那道拱形窗框的窗，簷前有個燕巢，每年燕子都在那裡築巢。」

「有一次，一隻小麻雀不小心飛進來，你記得嗎？」子超笑道，「慌得四處亂飛，幾乎在我們頭上撞來。」

「你開的窗嘛，」我接著說，「後來是利貝嘉脫下圍巾，輕輕把麻雀包起來，送到窗外去。」

「幸好那裡是閣樓，人少，不然一定把我們趕出去。」子超走到窗台前，往外望，「我還記得那條圍巾是紅色的。」

「那時候，不論發生甚麼，最後總是吵吵鬧鬧收場。」我笑著，嘆了口氣。月亮把子超的側面照得清楚；我甚至看到他的眼角的皺紋。

「那時候看的書，你還記得多少？」

「忘了，全都忘了。」

我走到子超身邊，只見小斜坡上一團團漆黑的樹冠微微搖動。那裡也有麻雀；日間時我見過。牠們蹲在枯樹的樹幹上；貓就在樹下睡著。麻雀看著前方，不知在想甚麼。

「河邊缺少了似帳篷的遮蓋，樹葉最後的手指沒抓住甚麼而飄落到潮濕的岸上。風掠過棕黃的大地，無聲的。」

記憶忽然穿過時空，穿過我的身體，穿過我的腦袋和嘴巴。我把詩句一口氣唸出來。

「甚麼？」子超問。

「艾略特《荒原》的其中幾句。」我說，「這首詩很長。那時我和利貝嘉可以整篇背下來。」

「其實，」子超看著我，「你有多久沒見她了？」

我吸一口氣，「四年多了。」

「完全沒聯絡？」

「也不是。間中在電話中傳個短訊。她生日時，或是我生日時。」我坦白說，「除了一句生日快樂外，我再也想不到跟她說甚麼好了。」

子超沒作聲。

「我沒法理解她現在的生活方式，」我繼續說下去，「她依舊每晚上街餵貓，三更半夜直至清晨。」

「如果她快樂，那有甚麼所謂呢？」

「但那不是正常生活！我知道勸她她是不聽的，只好裝聾扮啞，不然還可以怎樣？」

「說實話，我不是這樣想。」子超看著我，「最重要是利貝嘉喜歡現在的生活。坦白說，她現在才算是安頓下來，難道我們不該替她高興嗎？」

這次輪到我不作聲。

「我真的覺得，我們都老了。」子超說，「有一件事，我想跟你商量⋯⋯這房間，不如改為客房，或是另一間書房，好嗎？」

我抿起嘴，抬頭看子超。月光在他的背後射進來；我看不到他的臉。

「我們都老了，」聲音彷彿從黑暗中傳來，然而是熟悉的，「何必太執著呢？」

我嘆了口氣，想哭，卻沒眼淚——我已習慣，也不驚訝。上次痛哭是多少年前的事了？

「也不急於一時，你再想想。過兩天，我們駕車到元朗，吃老婆餅，看看利貝嘉。」

子超離開月亮的光照，走過來，拍拍我的背。

「睡吧，夜了。」

我跟在子超的後面，上床休息。矇矓中又聽到貓的叫聲；牠們在那裡廝殺、打鬧、交配、生育、死亡。

我羨慕牠們。

就在我讓裝修師傅到家裡量尺寸，準備把小房間改裝成書房的那天，我接到警察的來電。

「請問你是林慧德的朋友嗎？」

那是利貝嘉的中文名字。「是的，我是她的大學同學。請問……」

「她昨晚在街上餵貓，被貨車撞倒了。」對方說，「我們在她的電話中只找到你的手機號碼。你知道她還有家人嗎？還是你現在來醫院一趟？」

我掛線後立刻趕去。只見兩個警察，三兩個婦人站在病房門外：短髮、風衣、布褲、涼鞋。看上去一模一樣。

「利貝嘉呢？」我上前向其中一個問道，「我是說，林慧德。」

「她在裡面。」其中一名警察說。我正想衝進去，警察卻攔住我。

「你冷靜些。」他一隻手按著我的肩膀，「你的朋友，已經過身了。」

我感到一陣暈眩；站穩後，我推開警察的手，緩緩推門進去。細小的病房內有兩張床，利貝嘉躺在窗邊的床上，雙目緊閉，短髮中夾著絲絲白髮；醫院已為她蓋上白色床單。很乾淨。

啊，利貝嘉！

我掩著嘴巴。就在我感到自己快要發瘋之時，子超剛好趕到，把我拖到病房外。

那幾個婦人住在利貝嘉附近，每晚和利貝嘉一起餵貓。她們告訴我：貨車把她撞上半空，跌下來時後腦著地。

「林姑娘人很好的，」黑風衣看著我，「又乾淨，又整齊。」

我無法搭腔。

「對啊！」藍風衣附和，「那次，有個警察來找麻煩，說我們餵貓犯法。我們拗不過，林姑娘忽然來了，一開口就講英文，把警察嚇走了。我們這才知道林姑娘原來大學畢業呢。」

「她從來不提，只說有個好朋友，英文比她更好。」黑風衣微微一笑，「她出事了，我拿她的電話一看，只有一個電話號碼，我估計就是你了，便告訴警察先生。」

我無法作聲。

只見子超從口袋裡掏出錢包，「這裡小小心意，給你們買貓糧。」

「不用不用！」藍風衣把錢推開，「我們從不收人家的錢。」

「我們也是林姑娘的好朋友。」我聽見子超跟她們說，「真的，別客氣。這些年來就你們互相照應。」

我無法再聽下去，快步離開，子超跟在後面。走到外面，看到榕樹下那張石凳，我的腦海頓時一片空白。

子超趕來，我轉身對他說：「這裡，就是當年的那間醫院？」

子超點點頭。

我頭疼欲裂，勉強走到石凳上坐下。風好像跟當年一樣的溫度與觸感；然而利貝嘉已經不在了。

利貝嘉！

我終於大哭起來。

利貝嘉的喪事完結後的半年，某個春天的中午，在一個毫無意義的冗長會議結束後，我看著窗外的高樓，忽然決定再往元朗一趟。我臨時請了下午的假，把西裝外套脫下來，留在辦公室，獨自前往利貝嘉的故居。實情是，業主已把這個村屋單位轉租；我憑模糊的記憶到達，只見大門已髹成渾濁的咖啡色，不知租給何人了。我漫無目的地站在那裡，好一會兒才離開。四周彷彿比起半年前更荒涼了；潮濕的空氣中一切默然無聲。我記得貓們的所在應該是一片長了野草的空地，順步走去，卻只見一列鐵皮豎起，上面噴了些藍色的塗鴉；微弱的陽光透過厚厚的雲層，無力地攤在眼前，竟比不上塗鴉的刺眼。視線截斷了，眼前只餘一條又一條鐵皮圍成的小巷，一隻貓也沒有。

一種不知所措的感覺向我襲擊。我閉上眼，準備承受，背後卻忽然傳來熟悉的聲音。

「你不是林姑娘的朋友嗎？」聲音說，「好久沒見。」

我張開眼，轉過身，是利貝嘉的鄰居太太，那時在醫院見過的。應該是穿黑色風衣的那位。她今天穿了一件淺藍色的運動衣，看上去精神好些。

「你好。」我開口，聽得出自己聲音乾澀。為甚麼我要來這裡呢？我不知道。

「你來幹嗎？」她問，隨即又說：「想念林姑娘嗎？」

我無法否認，只好點點頭；默默地跟在她後面，不知道她要帶我往哪裡去。

「無端又來了一批人，把這裡改成貨倉。貓們都逼到後山去了。」

我跟她繞過好些鐵皮，拐了幾個彎，眼前忽然有一個小小的叢林。

「貓如今在這裡。」太太說，「我們還是每晚來餵。林姑娘以前餵開的貓，依舊好好的。」鄰居太太逕自往前走，「就是兩個月前死了三兩隻，捱不過冬天。」

大概是看到我的表情，她又笑了笑：「沒甚麼，野貓也有野貓的自由自在。除非是傷了病了。」

「謝謝你們。」我說，「沒甚麼可幫忙的……」

「不用謝，慣了。」她笑了笑，臉上的皺紋全摺起來，「說起來，前兩晚倒跑來一隻三色貓，不知從甚麼地方來的，好像大著肚子，被其他貓打呢，我要分開給牠吃食，不然牠搶不到。」

「在哪裡？」我問。

「日間不知牠會不會出現，」太太吹起口哨，「哪，那邊！」

我順著太太指著的方向望去，只見草叢中伸出頭來；牠看著我，我看著牠。

然後，牠慢慢走出來了。是一隻三色貓，幾乎跟喬治桑一模一樣。

「好像瘦了。」太太喃喃說著，走過去。貓走到她的腳邊磨蹭。

「牠有頸圈。」我說。

「是的，大抵是人家丟出來。大了肚子，嫌麻煩，就不要了。」

我小心地、一步一步地走到太太後面；貓看著我，等我停下來，便走到我的旁邊蹲下來。

「這貓，不怕人。」太太站起來，搖搖頭，「生存不了。」

我彎腰，讓牠嗅我的手。貓把鼻子湊過來，瞇起眼睛。牠的肚子已經相當大了。

「或許，」我抿抿嘴，「我可以收養牠。」

「啊？真的嗎？」太太問，「你以前養過貓嗎？」

「沒養過，」我答，「但我願意試試。」

到家後，我把太太借用的貓籠放在地上，打開籠門。貓躡手躡腳地走出來。於牠，這私人屋苑單位是陌生的地方，或許還比不上元朗野地的草叢。

我蹲下來，試著摸牠的頭頸。貓忽然低吼了一聲，伸出爪來。我的手背一痛，留下一道血痕。

「呀，怎麼啦？」子超問，「還好嗎？」

「沒甚麼。」我掏出手帕掩著傷口，苦笑。利貝嘉喜歡的，總是讓人又愛又恨的。

「向你介紹，這是喬治桑。」

貓還站在那裡，忽然專心地梳理毛髮，舔我剛才摸過的地方。子超也蹲下來：「你好，喬治桑。」

喬治桑看了子超一眼，又看了我一眼，忽然轉身，拖著碩大肚子和蹣跚的步伐，緩緩地，向改裝成書房的小房間走去。

香港藝術發展局

Hong Kong Arts Development Council 資助

香港藝術發展局全力支持藝術表達自由，
本計劃內容並不反映本局意見